COLLECTION
FOLIO BILINGUE

Alejo Carpentier

Concierto barroco
Concert baroque

Traduit de l'espagnol,
préfacé et annoté
par René L.F. Durand

Gallimard

Titre original :

CONCIERTO BARROCO

*La traduction française a été entièrement revue pour la présentation
de cette édition bilingue par René L. F. Durand.*

PRÉFACE

Alejo Carpentier déclara à César Leante, qui recueillit ses
Simples confessions d'un écrivain baroque *à La Havane*
en 1964[1] : « *La vie n'a pas d'importance, c'est l'œuvre qui*
compte. » *Cependant il ne peut être indifférent aux lecteurs du*
Concert baroque *de savoir que son auteur, né à La Havane*
en 1904, avait un père (architecte), excellent violoncelliste, et
que la pratique musicale était courante dans sa famille. « Ma
vocation pour la musique ? Il est possible qu'elle soit due à mon
hérédité. Mon père jouait du violoncelle et moi j'étais un
pianiste acceptable. J'étudiai la musique, mais ma formation
musicale est plutôt celle d'un autodidacte : présence à des
répétitions ; fréquentation de musiciens... Je considère que tout
écrivain doit connaître un art parallèle, car cela enrichit son
univers spirituel. La musique est présente dans mon œuvre tout
entière. Dans El Siglo de las Luces (Le Siècle des
Lumières) *par exemple, Carlos joue de la flûte, le protagoniste*
de Los Pasos perdidos (Le Partage des eaux) *est un*

---

1. *Confesiones sencillas de un escritor barroco*, publiées à La Havane
dans la revue mensuelle *Cuba*, avril 1964. La revue espagnole *Ínsula*
les publia à son tour dans son numéro de janvier 1965, sous le titre
Autobiografía de urgencia.

musicien, et El Acoso (Chasse à l'homme) *est structuré en forme de sonate : Première partie, exposition, trois thèmes, seize variations, et conclusion ou coda. Un lecteur attentif qui connaît la musique peut observer aisément ce développement. »* L'œuvre se déroule le temps que dure l'exécution de la Symphonie héroïque *de Beethoven. « Pour pouvoir réussir cette synthèse, il faut être grand romancier et grand musicien* [1]. »

En 1924, Carpentier créa dans la revue Social une rubrique consacrée aux concerts et aux spectacles. Il s'intéressa très tôt aux compositeurs cubains, comme Amadeo Roldán, écrivit de nombreuses chroniques d'intérêt musical, organisa des concerts, etc. En même temps, l'auteur d'Ecué-Yamba-O, roman afro-cubain écrit en prison sous la dictature de Machado, s'intéressait aux rythmes afro-cubains de son île, et écrivait deux ballets : La Rebambaramba (1928) et El Milagro de Anaquillé (1929) avec musique de Amadeo Roldán. Pendant les onze années qu'il passa à Paris, le monde de la musique tint dans sa vie une place importante : contacts avec des compositeurs d'Europe et d'Amérique, immersion dans la très riche vie musicale de la capitale, collaborations radiophoniques en 1932 au Poste parisien. « Je m'intéressai aux problèmes de synchronisation musicale et j'écrivis un opéra avec Edgar Varèse, père de la musique électronique » (autobiographie citée).

En 1934, le Fondo de Cultura Económica de Mexico demanda à Carpentier, qui accepta, de rédiger une histoire de la musique à Cuba : ce fut La música en Cuba, publiée en 1946 (traduction française chez Gallimard). Postérieurement à

---

1. Helmy F. Giacoman : « La relación músico-literaria entre la Tercera Sinfonía *Eroica* de Beethoven y la novela *El Acoso* de Alejo Carpentier », in *Homenaje a Alejo Carpentier,* Las Americas Publishing Cº, New York 1970.

la période passée en revue dans les Confessions d'un écrivain baroque *faites à César Leante, l'œuvre romanesque de Carpentier s'est enrichie de* La Consagración de la primavera (La Danse sacrale), *son chant du cygne, « conçue comme un ballet à l'échelle cosmique ». Dans ce roman, la révélation de la musique et de la danse afro-cubaine amène Vera à modifier sa vision du* Sacre du printemps *de Stravinski, notamment de la* Danse sacrale. *Dans ce contexte général brièvement ébauché, s'insère avec un bonheur particulier le* Concierto barroco.

Dans Tientos y diferencias, *précieux livre d'essais publié à Mexico en 1964, A. Carpentier s'est expliqué sur ce qui constituait à ses yeux l'essentiel de son art de romancier : la théorie de « ce que Jean-Paul Sartre appelait les contexte*s », et *« le réel merveilleux » (Miguel Angel Asturias préférait parler de réalisme magique). Les réflexions que nous expose Carpentier éclairent, aussi, le* Concierto barroco.

Parmi les contextes qui définissent l'homme américain, c'est-à-dire de l'Amérique indo-afro-européenne, ici de langue espagnole, certains intéressent le Concierto. *Contexte racial, avec la présence des trois composantes ibéro-américaines : l'Indien, le Blanc, le Noir. Le Maître est un Espagnol créole du Mexique ; Filomeno est un Noir de Cuba. Contexte économique avec le contraste entre l'ostentatoire richesse du créole, ironiquement soulignée par le leitmotiv de la* plata *(même le pot de chambre du maître est en argent !) et la condition servile de Filomeno : à vrai dire, les rapports entre le créole et son valet semblent cordiaux, mais ce dernier nourrit l'espoir d'une révolution pour améliorer sa condition sociale. Contexte culturel : « Nous sommes un produit de diverses cultures », écrit A. Carpentier dans le livre d'essais mentionné. Dans le* Concierto, *Filomeno atteste l'apport africain à Cuba, non* seulement par sa présence physique, mais aussi dans ses dialogues avec son maître — tel Sancho dialoguant avec don Quichotte — sa « philosophie » de la vie ; et l'étonnante intrusion du folklore afro-cubain qu'il provoque à l'ospedale della Pietà ! Contexte politique : l'épisode « colonial » de la résistance des habitants de Cuba aux pirates étrangers, affirmation d'une naissante cubanité ; et surtout, la prise de conscience du maître blanc, qui s'exprime d'abord dès son arrivée en Espagne par la comparaison qu'il établit entre les nourritures (contexte culinaire), l'architecture, et les mœurs de son pays natal et de la métropole ; et puis grâce à la représentation de l'opéra Montezuma, de Vivaldi, qui trans- forme en aventure spirituelle la quête du plaisir qu'il cherchait à Venise. Le maître, né à Mexico de parents et grands-parents espagnols, représentant de l'oligarchie dominante en Nouvelle- Espagne, riche et oisif, prend soudain parti pour l'empereur aztèque, et se sent profondément mexicain ; Montezuma lui révèle une américanité dont il se fait l'ardent défenseur, après avoir vécu au Mexique en étranger au passé indien. Nous sommes au XVIIIᵉ siècle, le Siècle des Lumières. Les créoles d'Amérique s'opposent aux Espagnols « européens », « pénin- sulaires », avec lesquels ils rivalisent pour occuper charges civiles et ecclésiastiques. « Comme compensation à tant d'humi- liations [celles que leur infligent les Espagnols européens], surgit en eux la tendance à voir en l'Espagne un pays attardé, non seulement par comparaison avec les autres nations euro- péennes, mais encore avec les grands royaumes des Indes[1]. » Ils prennent conscience de leur propre identité, et leurs revendica- tions aboutissent à l'indépendance de leurs pays respectifs à l'exception, paradoxalement, de la patrie de Filomeno, qui devra

---

1. Salvador de Madariaga : *Cuadro histórico de las Indias*, Editorial Sudamericana, Buenos Aires, 1945, p. 668.

attendre la fin du XIXe siècle. En faisant du maître de ce dernier un homme sans nom, sous l'appellation générique de el indiano, le créole, l'Espagnol créole, Carpentier lui a attribué une connotation symbolique.

A. Carpentier a fait partir sa découverte du « réel merveilleux » de son voyage à Haïti, en 1943, qui lui inspira Le Royaume de ce monde. « A chaque pas je trouvais le réel merveilleux », qui est du reste « patrimoine de l'Amérique tout entière[1]. » « Le merveilleux commence à l'être d'une façon indubitable quand il surgit d'une altération inattendue de la réalité (le miracle), d'une révélation privilégiée de la réalité, d'un éclairage inhabituel ou qui favorise singulièrement les richesses inaperçues de la réalité, d'un élargissement des échelles et catégories de la réalité, perçues avec une intensité particulière en vertu d'une exaltation de l'esprit qui le conduit à une manière d'état limite. Pour commencer, la sensation du merveilleux présuppose une foi[2]. » « Par le caractère vierge du paysage, par la formation, par l'ontologie, par la présence faustienne de l'Indien et du Noir, par les féconds métissages qu'elle a rendu possibles, l'Amérique est bien loin d'avoir épuisé son capital de mythologies. Mais qu'est l'histoire de l'Amérique sinon une chronique du réel merveilleux[3] ? »

Certes, mais dans le Concierto, le réel merveilleux, selon les termes mêmes de Carpentier n'est pas seulement dans les éléments proprement américains, notamment : voyage initiatique d'un Espagnol créole en Europe, où un séjour de plus en plus ressenti comme un exil devient en définitive source d'une intime révélation ; épisode des pirates de Girón ; étonnant épisode de l'introduction par un Noir de Cuba des rythmes afro-cubains

1. Tientos y diferencias, op. cit., p. 134.
2. Ibid., p. 132.
3. Ibid., p. 135.

11

dans le temple des concertos de Vivaldi et de la musique de Scarlatti et de Haendel ; utilisation du passé aztèque dans un opéra dû au plus grand compositeur vénitien. Le réel merveilleux est, aussi, à Venise ! cela ne doit pas nous étonner, si l'on songe à la magie de cette ville unique[1]. Carpentier a été sensible au réel merveilleux de la Venise des XVIIe et XVIIIe siècles, avec son légendaire carnaval, source des situations les plus inattendues et d'une « révélation privilégiée de la réalité », ses scuole de musique à l'intérieur des hôpitaux, comme la Pietà où régnait une liberté proche de la licence ; l'extraordinaire figure du Prêtre roux, les spectacles où l'on entendait chanter les châtrés, « petits maîtres fort jolis, fort suffisants, qui ne donnent pas leurs effets pour rien » (de Brosses), les opéras, où les sexes étaient « fort mélangés » (de Brosses), ce qui provoquait l'ire du maître de Filomeno, dont les mises en scène dues à des machinistes ingénieux étaient particulièrement spectaculaires ! « Le peuple, écrit encore de Brosses, aime surtout les combats, les mêlées ; il faut, pour plaire au parterre, qu'il y ait dans chaque opéra une semblable pompe... Ces combats sont assez bien exécutés... J'ai vu des capitaines arriver à la tête de leur troupe montés sur de très beaux chevaux effectifs. » Le contexte socio-culturel de la Sérénissime contribue donc largement au réel merveilleux dont tire parti Carpentier dans son Concierto. Il faut y ajouter l'utilisation du temps hors de la chronologie et des conventions habituelles. Ici la liberté de l'auteur est souveraine : il réunit à Venise, du temps de Vivaldi, des faits, des événements, d'époques différentes ; transfert en Allemagne, via la gare de Venise, des restes de Wagner, subitement décédé dans la ville des Doges en 1883 ; allusion à la locomotive de Turner (1775-1851) ; concert donné par Louis Armstrong. « Carpentier

1. On peut voir entre autres ouvrages *Le Grand Guide de Venise* (Gallimard), beau livre qui consacre un chapitre au « Mythe de Venise, de la littérature au cinéma ».

joue avec le Temps. Sa préoccupation fondamentale consiste à se débarrasser de ses limites, à outrepasser ses barrières en obtenant la liberté complète de l'Homme. Ce n'est pas l'Homme d'hier, ni d'aujourd'hui, ni de demain, qu'il cherche, c'est l'homme intemporel, motivé par des constantes identiques à travers le Temps [1]. »

La quête du réel merveilleux chez notre auteur est servie par un style rythmé et plastique à la fois, que nous ne pouvons étudier ici, une langue truffée de termes techniques concernant la musique et ses instruments, d'américanismes... De cette prose font partie les assez nombreuses réminiscences littéraires que nous avons relevées dans les notes. Nous avons vu l'importance des Lettres familières écrites d'Italie *du président de Brosses, référence indiquée par Carpentier lui-même, qui en a du reste incorporé des passages dans son texte ; réminiscences de l'auteur du* Quichotte, *cher à son cœur, de Platon, d'Eschyle, de Shakespeare ; souvenir du* Candide *de Voltaire. Et lorsqu'il compare à un scarabée* (escarabajo) *le plastron vert et brillant du créole (chap. VI), n'a-t-il pas pensé au Gregor Samsa de* La Métamorphose *de Kafka* [2] ?

L'histoire joue dans l'œuvre romanesque d'Alejo Carpentier un rôle capital. Dans le Concierto, *nous nous attacherons en*

1. Luis Manuel Quesada, à propos de *Semejante a la noche*, in *Homenaje a Alejo Carpentier*, New York 1970, Las Americas Publishing C°, p. 231.
2. « Un matin, lorsque Gregor Samsa se réveilla, après un sommeil agité, il se trouva dans son lit changé en un insecte monstrueux. Faudra-t-il dire de qui est cette phrase, aussi connue des hommes de ma génération, que le fut, pour ceux d'autres nombreuses générations, la phrase " heureux âge et siècles heureux ceux auxquels les anciens donnèrent le nom de dorés ? "... Gregor Samsa se réveille étendu sur la dure carapace de son dos, commençant son aventure ontologique d'*escarabajo* » (scarabée, cancrelat dans la traduction de Claude David, Folio/Gallimard), *Tientos y diferencias, op. cit.*, p. 108.

13

*particulier à l'assez long récit, fondateur de cubanité, que fait Filomeno, domestique noir de l'*indiano, *de la lutte épique — porteuse de mythe et de réel merveilleux — engagée par des Cubains du début du XVII* siècle contre des pirates étrangers. Dans une première rédaction, restée sans doute inconnue, du* Concierto barroco, *qui est de 1972, au chapitre VI, le Prêtre roux* (el pelirrojo) *se tournant vers Filomeno, lui demande de raconter, « une fois de plus*[1], *l'histoire du débarquement de Girón ». « Le nègre racontait comment les milices et l'armée révolutionnaire s'étaient mobilisées pour arrêter les envahisseurs venus de la Floride et de divers endroits de la Caraïbe ; comment s'était engagée la bataille contre les renégats, mercenaires et aventuriers ; et comment les avions descendaient en piqué sur les vaisseaux ennemis et comment ces derniers sombraient... et comment lui-même, Filomeno, avait engagé un combat singulier avec un dénommé Gilbert, une vieille connaissance, lequel s'était précipité sur lui au plus fort du combat, et comment il avait abattu le renégat avec sa mitraillette, et comment, après une lutte féroce couronnée par la victoire, le peuple avait fêté le triomphe avec des chansons, des hymnes et des marches. (... " l'autre jour tu m'as dit que c'était avec un motet ", rappela Montezuma.) Abandonnant casques, fusils, grenades et même des caisses de whisky sur la plage qui avait vu leur déroute, les envahisseurs s'étaient enfuis sur leurs bateaux, écrasés, humiliés, pour retourner en Floride. »*

Le second récit de Filomeno n'a pas été retenu par Carpentier dans la rédaction définitive de son Concierto. *Mais son existence dans une rédaction antérieure nous confirme dans l'hypothèse qu'il avait donné au récit des pirates de Girón,*

---

1. Ce qui suppose que Filomeno aimait raconter à d'autres qu'à son maître un épisode dont il tirait vanité, en raison de la part qu'y avait prise son ancêtre.

défaits en un combat épique selon le poème de Silvestre de Balboa, une portée prémonitoire : il annonçait la bataille de la baie des Cochons, en avril 1961, où furent anéantis les envahisseurs venus des Etats-Unis, bataille décrite dans les dernières pages de La Consagración de la primavera (La Danse sacrale, *Gallimard, 1980*).

Concierto barroco
Concert baroque

I

De plata los delgados cuchillos, los finos tenedores;
de plata los platos donde un árbol de plata labrada en la
concavidad de sus platas recogía el jugo de los asados;
de plata los platos fruteros, de tres bandejas redondas,
coronadas por una granada de plata; de plata los jarros
de vino amartillados por los trabajadores de la plata; de
plata los platos pescaderos con su pargo de plata
hinchado sobre un entrelazamiento de algas; de plata
los saleros, de plata los cascanueces, de plata los
cubiletes, de plata las cucharillas con adorno de
iniciales... Y todo esto se iba llevando quedamente,
acompasadamente, cuidando de que la plata no topara
con la plata, hacia las sordas penumbras de cajas de
madera, de huacales en espera, de cofres con fuertes
cerrojos, bajo la vigilancia del Amo que, de bata, sólo
hacía sonar la plata, de cuando en cuando, al orinar
magistralmente, con chorro certero, abundoso y percu-
tiente, en una bacinilla de plata, cuyo fondo se ornaba
de un malicioso ojo de plata, pronto cegado por una
espuma que de tanto reflejar la plata acababa por
parecer plateada...—« Aquí lo que se queda —decía el
Amo—. Y acá lo que se va. »

I

En argent la fine coutellerie, les élégantes four-
chettes ; en argent les plats où un arbre d'argent ouvré
dans la concavité du métal recueillait le jus des rôtis ;
en argent les compotiers à trois coupes, couronnés
d'une grenade en argent ; en argent les cruches à vin
martelées par les orfèvres ; en argent les plats à poisson
avec leur pagre en argent au ventre rebondi sur un
entrelacs d'algues ; en argent les salières, en argent les
casse-noisettes, en argent les gobelets, en argent les
petites cuillères ornées d'initiales... Et tout cela était
emporté, lentement, avec des gestes réguliers, en
prenant soin que l'argent ne heurtât pas l'argent, vers
les sourdes pénombres de caisses en bois, de paniers en
attente, de coffres aux solides verrous, sous la surveil-
lance du Maître qui, en robe de chambre, se bornait à
faire résonner l'argent, de temps à autre, en pissant
magistralement, d'un jet précis, abondant et percu-
tant, dans son pot de chambre en argent, dont le fond
s'ornait d'un œil malicieux en argent, vite aveuglé par
une écume qui, de tant refléter l'argent finissait par
paraître argentée... — « Ici ce qui reste — disait le
Maître —. Et là ce qui part. »

En lo que se iba, también alguna plata —alguna vajilla menor, un juego de copas, y, desde luego, la bacinilla del ojo de plata—, pero, más bien, camisas de seda, calzones de seda, medias de seda, sederías de la China, porcelanas del Japón —las del desayuno que, vaya usted a saber, tomaríase, a lo mejor, en gratísima compañía—, y mantones de Manila, viajados por los anchísimos mares del Poniente. Francisquillo, de cara atada, cual lío de ropas, por un rebozo azul que al carrillo izquierdo le pegaba una hoja de virtudes emolientes, pues el dolor de muelas se lo tenía hinchado, remedando al Amo, y meando a compás del meado del Amo, aunque no en bacinilla de plata sino en tibor de barro, también andaba del patio a las arcadas, del zaguán a los salones, coreando, como en oficio de iglesia : « Aquí lo que se queda... Acá lo que se va. » Y tan bien quedaron, a la puesta del sol, los platos y platerías, las chinerías y japonerías, los mantones y las sedas, guardados donde mejor pudieran dormir entre virutas o salir a larguísimo viaje, que el Amo, aún de bata y gorro cuando le tocara ponerse ropas de mejor ver —pero ya hoy no se esperaban visitas de despedida formal—, invitó al sirviente a compartir con él un jarro de vino, al ver que todas las cajas, cofres, huacales y petacas quedaban cerrados. Después, andando despacio, se dio a contemplar, embauladas las cosas, metidos los muebles en sus fundas, los cuadros que quedaban colgados de las paredes y testeros. Aquí, un retrato de la sobrina profesa, de hábito blanco y largo rosario, enjoyada, cubierta de flores —aunque con mirada acaso demasiado ardiente— en el día de sus bodas con el Señor.

Dans ce qui partait, il y avait aussi un peu d'argenterie
— quelque pièce de moindre importance, une paire de
coupes et, naturellement, le pot de chambre à l'œil en
argent —, et, surtout, des bas de soie, des soieries de
Chine, des porcelaines du Japon, — celles du petit
déjeuner qu'il prendrait peut-être, allez donc savoir,
en fort agréable compagnie —, et des châles de
Manille, trimbalés sur les vastes mers du Ponant.
Francisquillo, le visage entouré, comme un paquet de
linge, d'un foulard bleu qui maintenait contre sa joue
gauche enflée par une rage de dents, une feuille aux
vertus émollientes, imitant son maître, et pissant avec
lui en cadence, non certes dans un pot de chambre en
argent, mais dans un vase de grès, allait aussi du patio
aux arcades, du vestibule aux salons, faisant chorus
comme dans un office à l'église : « Ici ce qui reste... Là
ce qui part. » Au coucher du soleil, vaisselle et
argenterie, chinoiseries et japonaiseries, châles et soieries étaient si bien à l'abri là où ils pourraient le mieux
dormir dans des copeaux ou partir pour un très long
voyage, que le Maître, encore en robe de chambre et
en bonnet, alors qu'il eût dû s'habiller de plus élégante
façon — mais on n'attendait plus ce jour-là de visites
formelles d'adieu — invita le serviteur à partager avec
lui un pichet de vin, voyant fermés tous les coffres,
caisses, paniers et malles. Puis, à pas lents, il se mit à
contempler, tous les objets étant emballés, les meubles
couverts de leurs housses, les tableaux qui restaient
accrochés aux murs et aux trumeaux. Ici, un portrait
de la nièce professe, en habit blanc, un long rosaire aux
doigts, couverte de bijoux et de fleurs — une flamme
peut-être trop vive dans le regard — en ce jour de ses
noces avec le Seigneur.

21

Enfrente, en negro marco cuadrado, un retrato del dueño de la casa, ejecutado con tan magistral dibujo caligráfico que parecía que el artista lo hubiese logrado de un solo trazo —enredado en sí mismo, cerrado en volutas, desenrollado luego para enrollarse otra vez —sin alzar una ancha pluma del lienzō. Pero el cuadro de las grandezas estaba allá, en el salón de los bailes y recepciones, de los chocolates y atoles de etiqueta, donde historiábase, por obra de un pintor europeo que de paso hubiese estado en Coyoacán, el máximo acontecimiento de la historia del país. Allí, un Montezuma entre romano y azteca, algo César tocado con plumas de quetzal, aparecía sentado en un trono cuyo estilo era mixto de pontificio y michoacano, bajo un palio levantado por dos partesanas, teniendo a su lado, de pie, un indeciso Cuauhtémoc con cara de joven Telémaco que tuviese los ojos un poco almendrados.

---

1. Ce genre de dessin que l'on faisait sans lever la plume était très goûté au Mexique au XVIIIᵉ siècle.

2. *Atole* : « Boisson qui se prépare avec du maïs bouilli, moulu, délayé dans de l'eau » (Francisco J. Santamaría, *Diccionario de mejicanismos*). Sorte de potage léger de maïs que l'on prend habituellement, encore maintenant, au repas du soir.

3. Coyoacán : quartier de Mexico.

4. Montezuma : Motecuhzoma II régna sur les Aztèques de 1503 à 1520 (cf. Jacques Soustelle, *Les Aztèques*, P.U.F., coll. Que sais-je). Hernán Cortés, dans ses *Cartas de relación*, l'appelle Moteczuma. Mais nous trouvons « Montezuma » dans la *Historia verdadera de la conquista de la Nueva España* du chroniqueur Bernal Díaz del Castillo, que A. Carpentier mentionne plus loin.

5. Très bel oiseau que l'on trouvait dans les forêts vierges de Chiapas et du Guatemala, oiseau sacré des anciens Mexicains, dont les plumes constituaient un ornement de très grand prix. Monte-

En face, dans un cadre noir carré, un portrait du maître de céans, exécuté dans un si magistral dessin calligraphique [1] qu'il semblait que l'artiste l'eût réussi d'un seul trait, emmêlé en lui-même, emprisonné dans des volutes, déroulé ensuite pour s'enrouler derechef — sans lever une large plume de la toile. Mais le tableau des grandesses se trouvait plus loin, dans le salon destiné aux bals et aux réceptions, où l'on servait selon l'étiquette du chocolat et de l'*atole* [2]; un peintre européen, qui avait été de passage à Coyoacán [3], y avait représenté l'événement le plus important de l'histoire du pays. Là, un Montezuma [4] mi-romain, mi-aztèque, un peu César coiffé de plumes de quetzal [5], apparaissait assis sur un trône dont la facture était un mélange de style pontifical [6] et de style de Michoacán [7], sous un dais soulevé par deux pertuisanes, et ayant à côté de lui, debout, un *Cuauhtémoc* [8] indécis au visage de jeune Télémaque dont les yeux eussent été légèrement bridés.

zuma envoya en présent à Cortés une coiffure en plumes de quetzal. On trouve une bonne description de cet oiseau dans le *Diccionario de mejicanismos* de Francisco J. Santamaría. Voir aussi *Le Mexique*, Marabout Université, 1968, p. 332.

6. Allusion à l'art à la fois somptueux et guindé de certaines gravures du XVIIIe siècle.

7. Michoacán : Etat du Mexique central dont la capitale est Morelia. L'ancienne capitale du temps des Aztèques était Tzintzuntzan, au bord du lac de Pátzcuaro.

8. Cuauhtémoc : ce fut le dernier souverain des Aztèques. Son nom signifie, écrit J. Soustelle, « l'aigle qui tombe, c'est-à-dire le soleil couchant ». Neveu de Montezuma, marié à une fille de ce dernier, il lui succéda, résista aux Espagnols, fut fait prisonnier le 13 août 1521. Dans les *Cartas de relación* de Hernán Cortés, on trouve le nom de Quatemotcin ou Quatecmoucin. Nous verrons plus bas, dans le *Concierto*, Guatimozin.

Delante de él, Hernán Cortés con toca de terciopelo y espada al cinto —puesta la arrogante bota sobre el primer peldaño del solio imperial—, estaba inmovilizado en dramática estampa conquistadora. Detrás, Fray Bartolomé de Olmedo, de hábito mercedario, blandía un crucifijo con gesto de pocos amigos, mientras Doña Marina, de sandalias y huipil yucateco, abierta de brazos en mímica intercesora, parecía traducir al Señor de Tenochtitlán lo que decía el Español. Todo en óleo muy embetunado, al gusto italiano de muchos años atrás —ahora que allá el cielo de las cúpulas, con sus caídas de Titanes, se abría sobre claridades de cielo verdadero y usaban los artistas de paletas soleadas—, con puertas al fondo cuyas cortinas eran levantadas por cabezas de indios curiosos, ávidos de colarse en el gran teatro de los acontecimientos, que parecían sacados de alguna relación de viajes a los reinos de la Tartaria... Más allá, en un pequeño salón que conducía a la butaca barbera,

1. Fernando, Hernando ou Hernán Cortés, né en 1485 à Medellín, Extremadura. Voir Salvador de Madariaga, *Hernán Cortés*, Editorial Sudamericana, Buenos Aires, 1941.

2. Doña Marina : lorsque Cortés débarqua sur les côtes du Yucatán en 1519, les Indiens mayas lui offrirent une esclave d'origine aztèque, appelée Malintzin (d'où son nom de Malinche), qui fut baptisée Marina. C'était la fille d'un cacique. Elle parlait nahuatl et maya, et put jouer de ce fait un rôle capital d'interprète auprès de Cortés. Elle eut un fils naturel du conquérant, Don Martín Cortés. Hernán Cortés la maria à un gentilhomme castillan du nom

24

Devant lui, Hernán Cortés[1] en toque de velours et épée à la ceinture — la botte arrogante posée sur le premier degré du trône impérial —, était immobilisé dans la dramatique allure d'un conquistador. Derrière, Fray Bartolomé de Olmedo, en habit de moine de la Merci, brandissait un crucifix d'un geste peu rassurant, tandis que Doña Marina[2], en sandales et *huipil*[3] yucatèque[4], les bras ouverts en une mimique d'intercession, semblait traduire au Seigneur de Tenochtitlán[5] ce que disait l'Espagnol. Le tout sur une peinture à l'huile fort bitumeuse, selon un goût italien qui datait de bien des années auparavant — maintenant que là-bas le ciel des coupoles, avec ses chutes de Titans, s'ouvrait sur des clartés de ciel authentique et que les artistes utilisaient des palettes aux couleurs ensoleillées —, avec en dernier plan des portes dont les rideaux étaient soulevés par des têtes d'Indiens curieux, avides de se glisser sur le vaste théâtre des événements, et qui semblaient tirés de quelque récit de voyages aux royaumes de Tartarie... Plus loin, dans un petit salon qui conduisait au fauteuil du barbier,

de Juan de Jaramillo. Voir détails biographiques sur Doña Marina in Sylvanus C. Morley, *La civilización maya,* Fondo de Cultura Económica, Mexico, 1947, p. 202-204.

3. *Huipil* : il s'agit de la tunique blanche au décolleté carré orné de broderies, que portait déjà Doña Marina lors de l'arrivée de Cortés au Yucatán.

4. Yucatèque : de la péninsule du Yucatán.

5. Tenochtitlan-Mexico, capitale de l'empire aztèque. Voir une excellente évocation de Tenochtitlan dans *L'Art aztèque et ses origines* par Henri Stierlin, Ed. du Seuil, p. 190 et suiv.

aparecían tres figuras debidas al pincel de *Rosalba pittora,* artista veneciana muy famosa, cuyas obras pregonaban, con colores difuminados, en grises, rosas, azules pálidos, verdes de agua marina, la belleza de mujeres tanto más bellas por cuanto eran distantes. *Tres bellas venecianas* se titulaba el pastel de la Rosalba, y pensaba el Amo que aquellas venecianas no le resultaban ya tan distantes, puesto que muy pronto conocería las cortesanas —plata, para ello, no le faltaba— que tanto hubiesen alabado, en sus escritos, algunos viajeros ilustres, y que, muy pronto, se divertiría, él también, con aquel licencioso *juego de astrolabios* al que muchos se entregaban allá, según le habían contado —juego consistente en pasear por los canales angostos, oculto en una barca de toldo discretamente entreabierto, para sorprender el descuido de las guapas hembras que, sabiéndose observadas, aunque fingiendo la mayor inocencia, al ajustarse un ladeado escote mostraban, a veces, fugazmente pero no tan fugazmente como para que no se contemplara a gusto, la sonrosada poma de un pecho... Volvió el Amo al Gran Salón, leyendo de paso, mientras apuraba otra copa de vino, el dístico de Horacio que sobre el dintel de una de las puertas había hecho grabar con irónica intención hacia los viejos tenderos amigos —sin olvidar al notario, el inspector de pesas y medidas,

1. Sur Rosalba Carriera, née à Venise en 1671, morte en 1757, célèbre peintre en miniature, et sur son art, voir Philippe Monnier, *Venise au XVIIIe siècle*, Bibliothèque Romande, Lausanne, 1971, p. 129 et suiv. Il y a une édition publiée en 1907 par la Librairie académique Perrin. Le président de Brosses la mentionne dans ses

apparaissaient trois figures dues au pinceau de *Rosalba pittora* [1], artiste vénitienne très célèbre, dont les œuvres proclamaient, avec des couleurs estompées, en gris, en rose, en bleu pâle, en vert d'aigue-marine, la beauté de femmes d'autant plus belles qu'elles étaient plus lointaines. *Trois belles Vénitiennes,* tel était le titre du pastel de la Rosalba, et le Maître se disait que ces Vénitiennes-là n'étaient plus pour lui si inaccessibles, puisqu'il connaîtrait bientôt les courtisanes — ce n'était pas l'argent qui pour cela lui manquait — qu'avaient tellement louées, dans leurs écrits, certains illustres voyageurs ; et qu'il s'amuserait très bientôt, lui aussi, à ce licencieux *jeu de l'astrolabe,* auquel beaucoup s'adonnaient en ce lointain pays — à ce qu'il avait appris — jeu qui consistait à se promener par les canaux étroits, dissimulé dans une gondole aux rideaux discrètement entrouverts, afin de surprendre la négligence des jolies femmes qui, se sachant observées, quoique feignant la plus grande innocence, découvraient parfois, en ajustant un décolleté qui avait glissé, vision qui n'était pas si fugitive qu'on ne pût le contempler avec ravissement, le globe rose d'un sein... Le Maître revint au Grand Salon, en lisant au passage, tout en vidant un autre verre de vin, le distique d'Horace qu'il avait fait graver sur le linteau d'une des portes avec une intention ironique à l'intention de vieux marchands de ses amis — sans oublier le notaire, le contrôleur des poids et mesures,

---

Lettres familières écrites d'Italie en 1739 et 1740 : « Cette fameuse peintre de portraits au pastel qui a tout surpassé en ce genre. » « Toute la noblesse européenne veut avoir son portrait exécuté au pastel par Rosalba Carriera. » (Roland de Candé, *Vivaldi,* Ed. du Seuil, 1967, p. 13).

y el cura traductor de Lactancio— que, a falta de gente de mayores méritos y condición, recibía para jugar a los naipes y descorchar botellas recién llegadas de Europa :

> *Cuentan del viejo Catón que con vino*
> *solía robustecer su virtud.*

En el corredor de los pájaros dormidos sonaron pasos afelpados. Llegaba la visitante nocturna, envuelta en chales, dolida, llorosa, comediante y buscadora del regalo de adioses —un rico collar de oro y plata con piedras que, al parecer, eran buenas, aunque, claro está, habría que llevarlas mañana a la casa de algún orfebre para saber cuánto valían—, pidiendo vino mejor que éste, entre llantos y besos, pues el de esta garrafa que estaban tomando ahora, aunque se dijera que era vino de España, era vino con poso, y mejor no meneallo y que ella sabía de eso, vino de jeringa, vino bueno para lavarse *aquello*, para decirlo todo con palabrejas que coloreaban su entretenido vocabulario, aunque de puro lerdos lo tragaran el Amo y el criado, y eso que presumían de catadores finos —¡ni que te hubiesen parido en palacio de azulejos, a ti, que te chingué la noche aquella,

---

1. « On me montra un Lactance imprimé en 1465, dans le monastère de Subiaco, qu'on croit être le premier livre imprimé en Italie » (Charles de Brosses, *Lettres familières écrites d'Italie*, éditions des *Lettres familières*, Paris, Librairie académique, 1869, et Paris, Firmin Didot, 1931 et 1932).

et le curé traducteur de Lactance [1] — qu'il recevait, à défaut de personnes de plus grands mérites et qualités, pour jouer aux cartes et déboucher des bouteilles récemment arrivées d'Espagne :

> *On raconte du vieux Caton qu'avec du vin*
> *il raffermissait souvent sa vertu [2].*

Dans le couloir où les oiseaux dormaient, on entendit des pas feutrés. C'était la visiteuse nocturne, enveloppée de châles, la mine contrite, les yeux mouillés, jouant la comédie, venue chercher le cadeau d'adieu — un collier de prix en or et en argent avec des pierres précieuses apparemment authentiques, mais il faudrait bien sûr les porter le lendemain chez quelque orfèvre pour en connaître la valeur —, réclamant au milieu des pleurs et des baisers du vin de meilleure qualité, car celui de la carafe qu'ils buvaient à présent, bien qu'on prétendît que c'était du vin d'Espagne, était plein de lie, et mieux valait ne pas en parler ; elle s'y connaissait, c'était de la bibine, bonne à se laver le *machin*, pour employer les mots grossiers qui coloraient son plaisant vocabulaire ; mais le Maître et le valet le lampaient tant ils étaient lourdauds, malgré leur prétention de fins connaisseurs. (... C'est à croire qu'on t'a mis au monde dans un Palais orné d'azulejos, toi que j'ai sautée cette nuit-là,

2. *Narratur et prisci Catonis*
   saepe mero caluisse virtus.

« On raconte que souvent l'antique Caton lui-même réchauffait de vin sa vertu » (Horace, tome I, *Odes et Épodes,* texte établi et traduit par F. Villeneuve, Paris, Société d'édition Les Belles Lettres, 1976, p. 132).

siendo tú fregona de patios, rayadora de elotes, cuando murió mi casta y buena esposa, después de recibir los santos óleos y la bendición papal!... Y como Francisquillo, habiendo ordeñado la más escondida barrica del sótano, le hubiese dado lo que fuese menester para amansarle el habla y calentarle el ánimo, la visitante nocturna se puso las tetas al fresco, cruzando las piernas con el más abierto descaro, mientras la mano del Amo se le extraviaba entre los encajes de las naguas, buscando el calor de las *segrete cose* cantadas por el Dante. El fámulo, para ponerse a tono con el ambiente, tomando su vihuela de Paracho, se dio a cantar las mañanitas del Rey David antes de pasar a las canciones del día, que hablaban de hermosas ingratas, quejas por abandonos, la mujer que quería yo tanto y se fue para nunca volver, y estoy adolorido, adolorido, adolorido, de tanto amar, hasta que el Amo, cansado de aquellas antiguallas, sentándose la visitante nocturna en las rodillas, pidió algo más moderno, algo de aquello que enseñaban en la escuela donde buena plata le costaban las lecciones. Y en la vastedad de la casa de tezontle, bajo bóvedas ornadas de angelitos rosados, entre las cajas —

1. Charles de Brosses (dans *Lettres familières écrites d'Italie*) racontant sa visite à une courtisane de haut vol, la Bagatina : « Enfin, s'apercevant de ce qui causait mon incertitude, elle a eu le bon procédé de la lever elle-même au bout d'un instant, en quittant son faux nom et sa fameuse décence :

E poi che la sua mano alla mia pose
con lieto volto, onde mi confortai,
Mi mise dintro alle segrete cose
                              Dante. »

à l'époque où tu passais le torchon sur le pavé des patios, et où tu râpais les épis tendres de maïs, lorsque mourut ma chaste et bonne épouse, après avoir reçu les saintes huiles et la bénédiction du pape!... Et comme Francisquillo, ayant trait la barrique la mieux cachée de la cave, lui avait donné de quoi tenir sa langue et échauffer son esprit, la visiteuse nocturne mit ses nichons à l'air, croisant ses jambes avec la plus impudente effronterie, tandis que la main du Maître s'égarait sous les dentelles des jupons, cherchant la chaleur des *segrete cose* chantées par Dante [1]. Pour se mettre dans l'ambiance le domestique prit sa guitare de Paracho [2] et se mit à chanter les aubades du Roi David [3], avant de passer aux chansons du jour, qui parlaient de belles ingrates, d'amoureuses délaissées, de « la femme que j'aimais tant est partie à jamais » et « je souffre, je souffre, je souffre de tant t'aimer [4] » jusqu'à ce que le Maître, fatigué de ces vieilleries, demandât, pendant que la visiteuse nocturne s'asseyait sur ses genoux, quelque chose de plus moderne, du répertoire que l'on enseignait à l'école où les leçons lui coûtaient pas mal de piastres [5]. Et dans la vaste demeure en *tezontle* [6], sous des voûtes ornées d'angelots roses, parmi les caisses —

2. Paracho : nom d'un village indien de l'Etat de Michoacán où depuis le XVIᵉ siècle on fabrique des guitares utilisées par les orchestres populaires du Mexique.
3. *Las mañanitas del Rey David :* chanson très populaire au Mexique, surtout commme aubade, d'où notre traduction.
4. Citations de chansons qui eurent un grand succès au Mexique au début de ce siècle.
5. Nous adoptons cette traduction en souvenir de A. Carpentier qui nous l'avait suggérée.
6. *Tezontle* : Pierre volcanique rouge. Les grands palais mexicains des XVIᵉ et XVIIᵉ siècles sont construits en tezontle.

las de quedarse y las de ir— colmadas de aguamaniles y jofainas de plata, espuelas de plata, botonaduras de plata, relicarios de plata, la voz del servidor se hizo escuchar, con singular acento abajeño, en una copla italiana —muy oportuna en tal día— que el maestro le había enseñado la víspera :

> *Ah, dolente partita,*
> *Ah, dolente partita !...*

Pero en eso sonó el aldabón de la puerta principal. Quedó en suspenso la voz cantante mientras el Amo, con mano puesta en sordina, acalló la vihuela : —« Mira a ver... Pero a nadie dejes pasar, que harto me vienen despidiendo ya desde hace tres días... » Chirriaron lejanas charnelas, alguien pidió excusas en nombre de otros que lo acompañaban, se adivinaron las « muchas gracias », se oyó un sonado « no vaya a despertarlo » y un coro de « buenas noches ». Y volvió el criado con un largo papel enrollado, de resma holandesa, donde en letra redondilla de clara lectura se sumaban los encargos y pedidos de última hora —ésos, que sólo acuden a la memoria ajena cuando está uno con un pie en el estribo— hechos al viajero por sus amigos y contertulios... Esencias de bergamota, mandolina con incrustaciones de nácar a la manera cremonense —para su hija—, y un barrilete de marrasquino de Zara, pedía el inspector de pesas y medidas. Dos faroles a la moda boloñesa,

celles qui restaient et celles qui partaient — bourrées d'aiguières et de cuvettes en argent, d'éperons en argent, de garnitures de boutons en argent, de reliquaires en argent, la voix du serviteur se fit entendre, avec un typique accent de la côte, dans un couplet italien — fort opportun ce jour-là — que le Maître lui avait appris la veille :

> *Ah ! dolente partita,*
> *Ah ! dolente partita...*

Sur ces entrefaites retentit le marteau de la porte principale. La voix qui chantait demeura en suspens tandis que le Maître, la main posée sur la sourdine, fit taire la guitare : — « Va voir... Mais ne laisse passer personne, car je suis excédé par ces visites d'adieu que je reçois depuis trois jours... » Des gonds grincèrent loin de là, quelqu'un demanda des excuses au nom d'autres personnes qui l'accompagnaient, on devina un « mille mercis », on entendit un sonore « ne le réveillez pas », et un chœur de « bonsoir ». Et le valet revint avec un long rouleau de papier de Hollande sur lequel était écrite en ronde bien moulée une liste de commissions de dernière heure — de ces commissions auxquelles les autres pensent quand vous avez déjà le pied à l'étrier — dont ses amis et compagnons de cercle chargeaient le voyageur... Le contrôleur des poids et mesures demandait de l'essence de bergamote, une mandoline avec incrustations de nacre à la façon de Crémone — pour sa fille —, et un tonnelet de marasquin de Zara. Iñigo, le maître orfèvre, demandait deux lanternes à la mode de Bologne,

para frontoleras de caballos de tiro, pedía Íñigo, el maestro platero —con el ánimo, seguramente, de tomarlos como modelos de una nueva fabricación que podría agradar a las gentes de acá. Un ejemplar de la *Bibliotheca Orientalis* del caldeo Assemino, estacionario de la Vaticana, pedía el párroco, amén de algunas « monedillas romanas » —¡vamos : si no resultaban demasiado costosas !— para su colección numismática, y, de ser posible, un bastón de ámbar polonés con puño dorado (no era forzoso que fuese de oro) de esos que venían en largos estuches forrados de terciopelo carmesí. El notario estaba antojado de algo raro : un juego de naipes, de un estilo desconocido aquí, llamado *minchiate*, inventado por el pintor Miguel Ángel, según decían, para enseñar aritmética a los niños y que, en vez de ajustarse a los clásicos palos de oro, basto, copa y espada, ostentaban figuras de estrellas, el Sol y la Luna, un Papa, el Demonio, la Muerte, un Ahorcado, el Loco —que era baraja nula— y las Trompetas del Juicio Final, que podían determinar un ganancioso Triunfo. (—« Cosa de adivinación y ensalmo » —insinuó la hembra que, atendiendo a la lectura de la lista, se iba quitando las pulseras y bajando las medias.)

1. « Les lanternes d'équipage ne sont point placées comme les nôtres, mais en bandeau sur le front des chevaux ; ce qui me paraît plus commode de toute façon » (Ch. de Brosses, *Lettres familières écrites d'Italie*).
2. « Les deux sous-bibliothécaires [de la bibliothèque du Vatican] sont monsignori, ce sont comme je viens de vous le dire, Bottari et Assemani : ce dernier est chaldéen de naissance ; vous le connaissez par son grand ouvrage intitulé : *Bibliotheca Orientalis* » (Ch. de Brosses, *op. cit.*).
3. Le président de Brosses (*op. cit.*) décrit longuement ce jeu :

pour frontails de chevaux de trait[1] — dans l'intention, certainement, de les prendre pour modèles d'une nouvelle fabrication qui pourrait plaire aux gens d'ici. Monsieur le Curé voulait un exemplaire de la *Bibliotheca Orientalis* du Chaldéen Assemani, préfet de la Bibliothèque vaticane[2], outre quelques « petites monnaies romaines » — bien sûr, si elles n'étaient pas trop chères ! — pour sa collection numismatique, et, si c'était possible, une canne d'ambre polonais à pommeau doré (il n'était pas indispensable qu'il fût en or) de celles que l'on vendait dans de longs écrins de velours cramoisi. Le notaire était entiché d'un objet bizarre : un jeu de cartes, d'un style inconnu ici, appelé *minchiate,* inventé disait-on par le peintre Michel-Ange, pour apprendre l'arithmétique aux enfants. Au lieu des deniers d'or, des bâtons, des coupes et des épées classiques, ces cartes représentaient des étoiles, le Soleil et la Lune, un Pape, le Diable, la Mort, un Pendu, le Fou — qui tenait lieu de zéro — et les Trompettes du Jugement Dernier, qui pouvaient déterminer un *Triomphe* gagnant[3] (— « Tout ça a un relent de magie et de sorcellerie » — insinua la fille qui, tout en étant attentive à la lecture de la liste, enlevait ses bracelets et faisait glisser ses bas.)

« Les Italiens ont quatre figures... ; plus quarante figures singulières, numérotées, et le fol ou *matto,* qui tient lieu de zéro, en augmentant la valeur des autres. Ces figures portent le nom des étoiles, du soleil, de la lune, du pape, du diable, de la mort, du pendu, du bateleur, de la trompette du jugement dernier, et autres bizarres... Ce jeu a été inventé à Sienne, par Michel-Ange, à ce qu'on prétend, pour apprendre aux enfants à supputer de toutes sortes de manières : en effet, c'est une arithmétique perpétuelle. » Les *minchiate* sont le jeu de tarots.

Pero, lo más gracioso de todo era el ruego del Juez Emérito : para su gabinete de curiosidades, pedía nada menos que un muestrario de mármoles italianos, insistiendo en que no faltaran —de ser posible— el capolino, el turquín, el brecha, parecido a mosaico, y el amarillo sienés, sin olvidar el pentélico jaspeado, el rojo de Numidia, muy usado en la Antigüedad, y acaso, también, algún trocito del lunarquela, con dibujo de conchas en las vetas, y, si no fuese abusar con ello de tanta amabilidad, una lajilla del serpentino —verde, verdoso, abigarrado, como el que podía verse en ciertos panteones renacentistas...— « ¡Eso no lo carga ni un estibador egipcio, de esos que, por forzudos, alababa Aristófanes ! —exclamó el Amo— : No ando con un baúl mundo a cuestas. Pueden irse todos a hacer puñetas, que no pienso malgastar el tiempo de mi viaje en buscar infolios raros, piedras celestiales o bálsamos de Fierabrás. El único a quien complaceré será a tu maestro de música, Francisquillo, que sólo me pide cosas modestas y fáciles de traer : sonatas, conciertos, sinfonías, oratorios —poco bulto y mucha armonía... Y ahora, vuelve a tus cantos, muchacho... »

Ah, dolente partita,
Ah, dolente partita !...

1. Charles de Brosses mentionne de nombreuses espèces de marbres dans sa lettre à M. de Quintin. A. Carpentier a retenu les suivantes : jaune de Sienne, brèche, lunachelle, turquin, cipolin, pentélique panaché, rouge de Numidie.

Mais le plus comique de tout était la demande du Juge Emérite : il ne demandait rien de moins pour son cabinet de curiosités que des échantillons de marbres italiens, insistant pour qu'il n'y manquât pas — si possible — le marbre cipolin, turquin, brèche, semblable à de la mosaïque, jaune de Sienne, sans oublier le pentélique panaché, le rouge de Numidie, fort utilisé dans l'Antiquité, et peut-être, aussi, un fragment de lunachelle, avec des dessins de coquilles dans les veines, et, si ce n'était abuser de tant d'amabilité, une petite plaque de marbre serpentin-vert, verdâtre, bariolé, comme celui que l'on pouvait voir dans certains caveaux funéraires de la Renaissance [1]... — « Même un débardeur égyptien, de ceux dont Aristophane vantait les biceps, n'aurait porté tout ça ! — s'écria le Maître — : Je ne voyage pas avec une grosse malle sur mes épaules. Ils peuvent tous aller se faire foutre, je n'ai pas l'intention de perdre mon temps à chercher des in-folio rares, des pierres célestes ou des baumes de Fierabras [2]. Le seul à qui je ferai plaisir sera ton maître de musique, Francisquillo, qui ne me demande que des choses modestes et faciles à transporter : sonates, concertos, symphonies, oratorios — peu de volume et beaucoup d'harmonie... Et maintenant, reviens à tes chansons, mon garçon...

> *Ah, dolente partita,*
> *Ah, dolente partita...*

2. Don Quichotte vantait à son écuyer Sancho le baume de Fierabras « avec lequel il ne faut plus avoir peur de la mort, ni craindre de mourir d'aucune blessure » (*Don Quichotte*, Première partie, chap. X).

Y luego hubo algo, mal recordado, de *A un giro sol di bell'occhi lucenti*... Pero, cuando el servidor concluyó el madrigal, apartando la mirada del mástil de la vihuela, se vio solo : ya el Amo y su visitante nocturna habían marchado a la habitación de los santos en marcos de plata para oficiar los júbilos de la despedida en la cama de las incrustaciones de plata, a la luz de los velones puestos en altos candelabros de plata.

Puis on entendit des bribes, mal retenues, de *A un giro sol di bell' occhi lucenti...* Mais, quand le serviteur acheva le madrigal, levant son regard du manche de la guitare, il se vit seul : le Maître et sa visiteuse nocturne s'en étaient allés vers la chambre ornée de saints dans des cadres d'argent pour célébrer les joies du départ dans le lit aux incrustations d'argent, à la lueur des cierges placés dans de hauts candélabres d'argent.

II

El Amo andaba entre sus cajas amontonadas en un galpón —sentándose sobre ésta, moviendo aquélla, parándose ante la otra— rumiando su despecho en descompuestos monólogos donde la ira alternaba con el desaliento. Bien habían dicho los antiguos que las riquezas no eran garantía de felicidad, y que la posesión del oro —valga decir : de la plata— era de pocos recursos ante ciertos contratiempos puestos por los hados en el espinoso camino de toda vida humana. Desde la salida de la Veracruz habían caído sobre la nave todos los vientos encontrados que, en los mapas alegóricos, hinchan los carrillos de genios perversos, enemigos de la gente de mar. Con las velas rotas y averías en el casco, maltrecha la crujía, habíase llegado, por fin, a buen puerto, para encontrar La Habana enlutada por una tremenda epidemia de fiebres malignas. Todo allí —como hubiese dicho Lucrecio— « era trastorno y confusión y los afligidos enterraban a sus compañeros como podían ». (*De natura rerum*, Libro VI, precisaba el viajero, erudito, cuando de memoria citaba estas palabras.)

II

Le Maître marchait parmi ses caisses entassées dans un hangar — s'asseyant sur celle-ci, déplaçant celle-là, s'arrêtant devant une autre — ruminant son dépit en monologues incohérents dans lesquels la colère alternait avec le découragement. Les anciens avaient bien dit que les richesses ne font pas le bonheur, et que la possession de l'or — pour mieux dire : de l'argent — comptait peu devant certains contretemps placés par le sort sur le chemin épineux de toute vie humaine. Depuis le départ de la Veracruz s'étaient abattus sur le vaisseau tous les vents contraires qui, sur les cartes allégoriques, gonflent les joues de génies pervers, ennemis des gens de mer. Les voiles déchirées et des avaries sur la coque, la coursive malmenée, on était enfin arrivé à bon port, mais pour trouver La Havane endeuillée par une terrible épidémie de fièvres malignes. Tout y était — comme aurait dit Lucrèce — « désordre et confusion et les malheureux enterraient leurs compagnons comme ils pouvaient » (*De natura rerum*, Livre VI, précisait l'érudit voyageur citant ces lignes par cœur).

Y por ello, en parte porque era preciso reparar la nave lastimada y volver a repartir la carga —mal colocada, desde el principio, por los peones de la estiba veracruzana—, y, sobre todo, porque había sido de buen consejo fondear lejos de la población azotada por el mal, se estaba en esta Villa de Regla, cuya pobre realidad de aldea rodeada de manglares acrecía, en el recuerdo, el prestigio de la ciudad dejada atrás, que se alzaba, con el relumbre de sus cúpulas, la suntuosa apostura de sus iglesias, la vastedad de sus palacios —y las floralías de sus fachadas, los pámpanos de sus altares, las joyas de sus custodias, la policromía de sus lucernarias— como una fabulosa Jerusalén de retablo mayor. Aquí, en cambio, eran calles angostas, de casas bajas, cuyas ventanas, en vez de tener cancelas de buen herraje, se abrían tras de varillas mal pintadas de blanco, bajo tejados que, en Coyoacán, apenas si hubiesen servido para cobijar gallineros o porquerizas. Todo estaba como inmovilizado en un calor de tahona, oliente a cieno y revolcaduras de marrano, a berrenchines y estiércol de establos, cuyo cotidiano bochorno venía a magnificar, en añoranzas, la transparencia de las mañanas mexicanas, con sus volcanes tan próximos, en la ilusión del mirar, que sus cimas parecían situadas a media hora de marcha de quien contemplara el esplendor de sus blancuras puestas sobre los azules de inmensos vitrales. Y aquí habían venido a parar, con cajas, baúles, fardos y guacales,

1. Regla : la ville de Regla est séparée de La Havane par la baie. On y vénère Notre-Dame de Regla, proclamée patronne de la baie en 1714.
2. La *transparencia* : le premier roman de l'écrivain mexicain

Pour cette raison, soit qu'il fallût réparer le navire éprouvé et rééquilibrer la cargaison — mal arrimée, dès le départ, par les débardeurs de la Veracruz, soit surtout à cause de la sage décision de mouiller loin de l'agglomération frappée par le fléau, on se trouvait dans cette Ville de Regla [1], dont le pauvre aspect de village entouré de mangliers rehaussait, dans le souvenir, le prestige de la cité que l'on avait quittée, qui s'élevait, avec le scintillement de ses coupoles, la splendide élégance de ses églises, l'immensité de ses palais — et les floralies de ses façades, les pampres de ses autels, les joyaux de ses ostensoirs, la polychromie de ses lustres — telle une fabuleuse Jérusalem de retable de maître-autel. Ici, en revanche, c'étaient des rues étroites, aux maisons basses, dont les fenêtres, au lieu d'avoir des grilles de bonne ferronnerie, s'ouvraient derrière des treillis mal peints en blanc, sous des toits qui, à Coyoacán, n'auraient guère servi qu'à abriter des poulaillers ou des porcheries. Tout était comme immobilisé dans une chaleur de boulangerie, sentant la boue et les excréments de pourceaux, les odeurs fortes et le fumier des étables, dont la touffeur quotidienne venait magnifier, dans la nostalgie du souvenir, la limpidité [2] des matins mexicains, avec leurs volcans si proches, dans l'illusion du regard, que leurs cimes paraissaient situées à une demi-heure de marche de celui qui contemplait leurs splendides blancheurs posées sur l'azur d'immenses vitraux. Et c'était là qu'avaient échoué, avec leurs caisses, leurs malles, leurs ballots et leurs paniers,

Carlos Fuentes, paru en 1958, s'intitule *La región más transparente*, traduit par Robert Marrast sous le titre *La Plus Limpide Région* (Gallimard, coll. du monde entier, 1964).

los pasajeros del barco enfermo, esperando que le curaran las mataduras, mientras, en la ciudad de enfrente, bien alzada sobre las aguas del puerto, reinaba el siniestro silencio de las mansiones cerradas por la epidemia. Cerradas estaban las casas de baile, de guaracha y remeneo, con sus mulatas de carnes ofrecidas bajo el calado de los encajes almidonados. Cerradas las casas de las calles de los Mercaderes, de la Obrapía, de los Oficios, donde a menudo se presentaban —aunque esto no fuese novedad muy notable— orquestas de gatos mecánicos, conciertos de vasos armónicos, pavos bailadores de forlana, los célebres Mellizos de Malta, y los sinsontes amaestrados que, además de silbar melodías de moda, con el pico ofrecían tarjetas donde estaba escrito el destino de cada cual. Y como si el Señor, de tarde en tarde, quisiese castigar los muchos pecados de esa ciudad parlera, alardosa y despreocupada, sobre ella caían, repentinamente, cuando menos se esperaban, los alientos malditos de las fiebres que le venían —según opinaban algunos entendidos— de las podredumbres que infestaban las marismas cercanas. Una vez más había sonado el *Dies Iræ* de rigor y las gentes lo aceptaban como un paso más, rutinario e inevitable, del Carretón de la Muerte; pero lo malo era que Francisquillo, después de tiritar durante tres días, acababa de largar el alma en un vómito de sangre. Con la cara más amarilla que azufre de botica, lo metieron entre tablas,

1. *Casas de guarachas y remeneo ; guaracha* : danse populaire antillaise ; *remeneo* : à Cuba, *contoneo*, trémoussement.
2. *Vasos armónicos* : glass harmonica, il s'agit d'un instrument composé de récipients de verre remplis d'eau à différentes hauteurs. Très en vogue au XVIIIe siècle.

les passagers du bateau malade, en attendant qu'on pansât ses plaies, tandis que dans la ville d'en face, qui dominait les eaux du port, régnait le sinistre silence des maisons de maîtres fermées par l'épidémie. Fermées étaient les salles de bal et les bastringues[1], avec leurs mulâtresses aux chairs offertes sous les jours des dentelles amidonnées. Fermées les maisons des rues des Marchands, de l'Œuvre-Pie, des Offices, où l'on présentait souvent — bien que ce ne fût pas bien grande nouveauté — des orchestres de chats mécaniques, des concerts de glass-harmonica[2], des dindons qui dansaient la forlane[3], les célèbres Jumeaux de Malte, et les merles[4] apprivoisés qui, non contents de siffler des mélodies à la mode, offraient avec leur bec des cartes où était écrit le destin de chacun. Et comme si le Seigneur avait voulu châtier de temps en temps les nombreux péchés de cette ville cancanière, vaniteuse et insouciante, voici que tombaient sur elle, soudain, au moment où on s'y attendait le moins, les souffles maudits des fièvres qui provenaient — de l'avis de gens bien informés — de la pourriture qui infestait les marécages voisins. Une fois de plus avait retenti le fatidique *Dies Iræ* et les gens l'acceptaient comme un nouveau passage, routinier et inévitable, de la Charrette de la Mort ; mais le malheur était que Francisquillo, après avoir grelotté trois jours durant, venait de rendre l'âme dans un vomissement de sang. La figure plus jaune que soufre d'apothicaire, on l'étendit entre quatre planches,

3. Danse italienne qui fut importée en France au XVIIIᵉ siècle.
4. *Sinsontes* : au Mexique *zenzontles,* moqueurs, oiseaux du groupe des merles.

llevándolo a un cementerio donde los ataúdes tenían que atravesarse, unos encima de otros, cruzados, tornapuntados, como maderas en astillero, pues, en el suelo, no quedaba lugar para los que de todas partes traían... Y he aquí que el Amo se ve sin criado, como si un amo sin criado fuese amo de verdad, fallida, por falta de servidor y de vihuela mexicana, la gran entrada, la señalada aparición, que había soñado hacer en los escenarios a donde llegaría, rico, riquísimo, con plata para regalar, un nieto de quienes hubiesen salido de ellos —« con una mano delante y otra atrás », como se dice— para buscar fortuna en tierras de América.

Pero he aquí que en la posada de donde salen, cada mañana, las recuas que hacen el viaje a Jaruco, le ha llamado la atención un negro libre, hábil en artes de almohaza y atusado, que, en los descansos que le deja el cuidado de sus bestias, rasguea una guitarra de mala pinta, o, cuando le vienen otras ganas, canta irreverentes coplas que hablan de frailes garañones y guabinas resbalosas, acompañándose de un tambor, o, a veces, marcando el ritmo de los estribillos con un par de toletes marineros, cuyo sonido, al entrechocarse, es el mismo que se oye —martillo con metal— en el taller de los plateros mexicanos. El viajero, para aliviarse de su impaciencia por proseguir la navegación, se sienta a escucharlo, cada tarde, en el patio de las mulas.

1. Boca de Jaruco : agglomération de pêcheurs sur la côte nord de la province de La Havane.
2. *Guabinas resbalosas* : la *guabina* est un poisson de rivière ; *resba-*

46

et on le transporta dans un cimetière où les cercueils devaient être placés de guingois, les uns au-dessus des autres, en croix, tête-bêche, comme madriers dans un chantier naval, car par terre, il n'y avait pas de place pour ceux que l'on apportait de tous côtés... Et voici que le maître se trouve sans domestique, comme si un maître sans domestique était un vrai maître ; par manque de serviteur et de guitare mexicaine, elle était ratée la brillante entrée, la prestigieuse apparition qu'il avait rêvé de faire sur les scènes des pays où il arriverait, riche, fabuleusement riche, avec de l'argenterie à offrir, lui petit-fils de ceux qui en étaient partis — « fauchés comme les blés », c'était le mot — pour chercher fortune sur les terres d'Amérique.

Mais voici qu'à l'auberge d'où partent, chaque matin, les caravanes de mules qui se mettent en route pour Jaruco [1], son attention a été attirée par un noir libre, habile dans l'art d'étriller et de bouchonner les montures, qui, aux moments de loisir que lui laisse le soin des bêtes, pince une guitare de minable apparence, ou au gré de son humeur, chante des couplets irrévérencieux qui parlent de moines lubriques et de gourgandines [2], en s'accompagnant d'un tambour, ou, parfois, en marquant le rythme des refrains avec une paire de tolets qui en s'entrechoquant produisent le même son que celui que l'on entend — marteau contre métal — dans l'atelier des orfèvres mexicains. Pour tromper son impatience de poursuivre la traversée, le voyageur s'assied pour l'écouter, chaque après-midi, dans la cour aux mules.

losa : glissante. A Cuba et au Mexique *guabina* a une connotation de : nager entre deux eaux ; de personne peu fiable. Ici, allusion à des femmes de mauvaise vie. D'où notre traduction.

Y piensa que en estos días, cuando es moda de ricos señores tener pajes negros —parece que ya se ven esos moros en las capitales de Francia, de Italia, de Bohemia, y hasta en la lejana Dinamarca donde las reinas, como es sabido, hacen asesinar a sus esposos mediante venenos que, cual música de infernal poder, habrá de entrarles por las orejas—, no le vendría mal llevarse al cuadrerizo, enseñándole, desde luego, ciertos modales que parece ignorar. Pregunta al posadero si el sujeto es mozo honrado, de buena doctrina y ejemplo, y le responden que no lo hay mejor en toda la villa, y que, además, sabe leer, puede escribir cartas de poca complicación, y hasta dicen que entiende de solfa por papeles. Traba pues conversación con Filomeno —pues así se llama el cuadrerizo— y se entera de que es biznieto de un negro Salvador que fue, un siglo atrás, protagonista de una tan sonada hazaña que un poeta del país, llamado Silvestre de Balboa, la cantó en una larga y bien rimada oda, titulada *Espejo de Paciencia*... « Un día » ...—según narra el mozo—, echó anclas en aguas de Manzanillo, allí donde una inacabable cortina de árboles playeros suele ocultar lo malo que pueda venir del mar, un bergantín al mando de Gilberto Girón, hereje francés de los que no creen en Vírgenes ni Santos, capitán de una caterva de luteranos, aventureros de toda laya, de los muchos que,

1. « Je dormais dans mon jardin, selon une constante habitude, dans l'après-midi. A cette heure de pleine sécurité, ton oncle se glissa près de moi avec une fiole pleine du jus maudit de la jusquiame, et

Et il se dit qu'à une époque où la mode veut que les riches seigneurs aient des pages noirs — on trouve paraît-il de ces mores dans les capitales de France, d'Italie, de Bohême, et même au lointain Danemark où les reines, comme chacun sait, font assassiner leur époux en leur versant, telle une musique à l'infernal pouvoir, du poison dans l'oreille [1], il lui conviendrait assez d'emmener le palefrenier, en lui apprenant, bien sûr, certaines manières qu'il semble ignorer. Il demande à l'aubergiste si ce garçon est honnête, chrétien et de bonnes mœurs, et on lui répond qu'il n'y a pas meilleur sujet à la ronde ; que de plus il sait lire, peut écrire des lettres simples, et même dit-on solfier un morceau. Il engage donc la conversation avec Filomeno — tel est le nom du palefrenier — et il apprend qu'il est l'arrière-petit-fils d'un nègre nommé Salvador qui un siècle plus tôt fut le héros d'un exploit si retentissant qu'un poète du pays, appelé Sylvestre de Balboa, le chanta en une ode longue et bien rimée, intitulée *Miroir de Patience...* « Un jour — rapporte le jeune homme — jeta l'ancre dans les eaux de Manzanillo, près de la plage où un interminable rideau d'arbres cache les mauvaises surprises qui pourraient venir de l'océan, un brigantin aux ordres de Gilbert Girón, un de ces hérétiques français qui ne croient ni à la Vierge ni aux saints, capitaine d'un ramassis de luthériens, aventuriers de tout acabit, de ces nombreux forbans qui,

m'en versa dans le creux de l'oreille la liqueur lépreuse. » (Shakespeare, *Hamlet,* Acte I, scène V, traduction de François-Victor Hugo, in coll. Garnier-Flammarion.)

siempre listos a meterse en empresas de desembarcos, contrabandos y rapiñas, andaban trashumando fechorías por distintos parajes del Caribe y de La Florida. Supo el desalmado Girón que en las haciendas de Yara, a unas leguas de la costa, hallábase, visitando su diócesis, el buen Fray Juan de las Cabezas Altamirano, obispo de esta isla que antaño llamábase Fernandina —« porque, cuando la divisó por vez primera el Gran Almirante Don Cristóbal, reinaba en España un Rey Fernando que tanto montaba como la Reina, decían las gentes de otros tiempos, acaso por aquello de que deber de Rey es montar a la Reina, y en esto de líos de alcoba nadie, en fin de cuentas, sabe quién monta a quién, porque, en eso de que monte el varón o que el varón sea montado, es asunto que... » —« Prosigue tu historia en línea recta, muchacho —interrumpe el viajero—, y no te metas en curvas ni transversales ; que para sacar una verdad en limpio menester son muchas pruebas y repruebas. » —« Así lo haré » —dice el mozo. Y alzando los brazos y accionando las manos como títeres, con los dedos pulgares y meñiques movidos como bracitos,

1. Il y a en espagnol un jeu de mots, dû à l'ignorance du jeune homme qui parle, qui tourne autour de *montar* : la devise des Rois Catholiques, Ferdinand d'Aragon et Isabelle de Castille, « Tanto monta, monta tanto Isabel como Fernando », exprimait l'égalité de leur pouvoir.
2. Réminiscence de *Don Quichotte,* deuxième partie, chap. XXVI, qui relate l'aventure du retable de Maître Pierre : « Niño, niño — dijo con voz alta a esta sazón don Quijote —, seguid vuestra historia línea recta y no os metáis en las curvas o transversales ; que para sacar una verdad en limpio menester son muchas pruebas y repruebas » (« Enfant, enfant, s'écria Don Quichotte à cet endroit suivez votre histoire en ligne droite, et ne vous égarez point dans les courbes et les transversales ; pour tirer au clair une vérité, il faut bien

toujours prêts à écumer la côte et à se livrer à la contrebande et au pillage infestaient de leurs forfaits divers lieux de la mer caraïbe et de la Floride. Le cruel Girón apprit que dans les haciendas de Yara, à quelques lieues de la côte, se trouvait, en visite dans son diocèse, le bon Père Juan de las Cabezas Altamirano, évêque de l'île appelée autrefois Fernandine — « parce que quand le Grand Amiral Don Cristóbal l'aperçut pour la première fois, régnait en Espagne un certain roi Ferdinand qui montait autant que la Reine[1], au dire des gens d'autrefois, peut-être parce que monter la Reine est devoir de Roi, et dans ces imbroglios d'alcôve nul ne sait finalement qui monte qui, que ce soit le mâle qui monte ou qu'il soit monté, c'est une affaire qui... » — « Poursuis ton histoire en ligne droite, mon garçon — interrompit le voyageur —, et ne te mets pas dans les courbes et dans les obliques, car pour tirer au clair une vérité, il faut beaucoup de preuves et de contre-preuves »[2]. — « Bien volontiers » — répond le garçon. Et levant les bras et actionnant les mains comme des marionnettes, agitant les pouces et les index comme des petits bras,

des preuves et des contrepreuves » (traduction de *Don Quichotte* par Louis Viardot *in* Classiques Garnier). A. Carpentier fait encore allusion à l'aventure du retable de Maître Pierre au début du chap. VI de son *Concierto*. L'arrivée de Filomeno et de son maître à Barcelone est évoquée avec des phrases tirées du chapitre dans lequel Cervantès décrit celle de don Quichotte et de Sancho dans la capitale catalane. L'auteur consacra son discours de réception lors de la remise du Prix Miguel de Cervantès, le 4 avril 1978, à *Cervantes en el alba de hoy* : « Enfant, dit-il à cette occasion, je jouais au pied d'une statue de Cervantès qu'il y a à La Havane où je suis né. Agé, je trouve de nouveaux enseignements, tous les jours, dans son œuvre inépuisable. »

continúa en la narración del sucedido con tanta vida como la pone cualquier bululú de buen ingenio en sacarse personajes de tras de las espaldas y montarlos en el escenario de sus hombros. (—« Así cuentan algunos feriantes en los mercados de México —pensaba el viajero— la gran historia de Montezuma y Hernán Cortés. ») Se entera pues el hugonote que el Santo Pastor de la Fernandina pernoctaba en Yara, y sale en su busca, seguido de sus sayones, con el perverso ánimo de apresarlo y exigir fuerte rescate por su persona. Llega al pueblo de madrugada, halla dormidos a los moradores, se apodera del virtuoso prelado sin reverencia ni miramientos, reclamando, a cambio de su libertad, un tributo —cosa enorme para esa pobre gente— de doscientos ducados en dineros, cien arrobas de carne y tocino, y mil cueros de ganado, amén de otras cosas menores, reclamadas por los vicios y bestialidades de tales forbantes. Reúnen los atribulados vecinos lo fijado por la exorbitante demanda, y devuelto es el Obispo a su parroquia, donde es recibido con grandes festejos y alegrías —« de los que luego se hablará con mayor despacio », advierte el mozo, antes de ahuecar la voz y arrugar el ceño para entrar en la segunda parte, bastante más dramática, del relato... Furioso al enterarse de lo ocurrido, un bizarro Gregorio Ramos, capitán « con arrestos de Paladín Roldán », resuelve que no habrá de salirse el francés con la suya, ni gozarse del botín tan fácilmente malhabido.

il poursuit le récit de l'événement avec autant de vivacité qu'en met un ingénieux baladin à tirer des personnages de derrière son dos et à les monter sur la scène de ses épaules. (« C'est ainsi — se disait le voyageur — que certains forains racontent sur les marchés de Mexico la grande histoire de Montezuma et d'Hernán Cortés. ») Donc le huguenot apprend que le Saint Pasteur de la Fernandine passait la nuit à Yara ; il part à sa recherche, suivi de ses hommes de main, dans l'intention perfide de s'en saisir et de demander une forte rançon pour sa personne. Il atteint l'agglomération au petit matin, trouve ses habitants endormis, s'empare du vertueux prélat sans respect ni égards, réclamant, en échange de sa liberté, un tribut — chose énorme pour ces pauvres gens — de deux cents ducats en argent, cent arrobes [1] de viande et de lard, et mille peaux de bovins, sans parler d'autres choses de moindre valeur, qu'exigeaient les vices et la bestialité de ces forbans. Les malheureux habitants réunissent cette rançon exorbitante, et l'Evêque est rendu à ses fidèles, qui le reçoivent avec de grandes réjouissances et une vive allégresse — « dont on parlera tout à l'heure plus à loisir », ajoute le garçon, avant d'enfler sa voix et de froncer les sourcils pour aborder la deuxième partie, passablement plus dramatique, du récit... Furieux en apprenant ce qui s'était passé, un fringant capitaine du nom de Gregorio Ramos, « aussi intrépide que le paladin Roland », prend la résolution de ne point laisser le dernier mot au Français, ni de lui permettre de jouir d'un butin aussi aisément et injustement acquis.

1. *Arroba* : mesure de poids, 11 kg et demi.

Junta prestamente una partida de hombres de pelo en pecho y bragas bien colgadas y frente a ella se encamina a Manzanillo, con el propósito de librar batalla al pirata Girón. Iban en la tropa gente de espada bien templada, partesanas, botafogos y espingardas, cargando los más, sin embargo, con aquello que mejor hubiesen hallado para arrojarse a la pelea, por no ser su oficio el de las armas : llevaba éste un herrón amolado, junto al que sólo pudo conseguirse una pica mohosa ; alzaba aquél una aguijada boyera o un chuzo de labranza, trayendo un pellejo de manatí a falta de broquel. También se tenían varios indios naboríes, listos a luchar de acuerdo con las astucias y costumbres de su nación. Pero venía sobre todo —¡ sobre todo !— en el escuadrón movido por heroico empeño, *uno, ese, Aquel* (y se quitó el sombrero pajizo de revueltos flecos el narrador) a quien el poeta Silvestre de Balboa habría de cantar en especial estrofa :

« *Andaba entre los nuestros diligente*
un etíope digno de alabanza,
llamado Salvador, negro valiente,
de los que tiene Yara en su labranza,
hijo de Golomón, viejo prudente :
el cual, armado de machete y lanza,
cuando vido a Girón andar brioso,
arremete contra él como león furioso. »

Recio y prolongado resultó el combate. Desnudo iba quedando el negro,

Il réunit promptement une troupe de braves à trois poils, mâle et décidée, et se mettant à leur tête se dirige vers Manzanillo dans l'intention de livrer combat au pirate Girón. Il y avait dans la bande des hommes pourvus d'épées à la lame bien trempée, de pertuisanes, de boutefeux et d'espingoles ; la plupart cependant avaient pris les objets les plus appropriés qu'ils avaient pu trouver pour se jeter dans la mêlée car ils ne faisaient pas métier des armes : l'un portait un plantoir en fer aiguisé, à côté de celui qui n'avait pu trouver qu'une pique rouillée ; celui-là brandissait un aiguillon de bouvier ou un pieu de laboureur, et portait une peau de lamantin à défaut de bouclier. On voyait aussi plusieurs Indiens Naboris, prêts à se battre, en usant des ruses et coutumes de leur nation. Mais il y avait surtout — surtout ! — dans cette armée transportée d'une ardeur héroïque, un *homme*, l'*unique*, l'*Elu* (et le narrateur ôta son chapeau de paille aux franges emmêlées) que le poète Sylvestre de Balboa devait singulièrement chanter dans ces vers :

> « *Parmi les nôtres allait empressé*
> *un nègre digne de louange,*
> *appelé Salvador, nègre plein de bravoure,*
> *de ceux que l'on emploie aux plantations de Yara,*
> *fils de Golomón, sage vieillard :*
> *lequel, armé d'une machette et d'une lance*
> *voyant Girón se battre avec fougue,*
> *fonce sur lui tel un lion furieux.* »

Rude et longue fut la lutte. Le nègre allait se trouver tout nu,

de tanto como lo rozaban las furiosas cuchilladas del luterano, bien defendido por su cota de factura normanda. Pero, luego de burlarlo, sofocarlo, fatigarlo, acosarlo, con mañas de las que se usan en los apartamientos de ganado bravío, el animoso Salvador :

> « ...*hízose afuera y le apuntó derecho,*
> *metiéndole la lanza por el pecho.*
> ...
> *¡ Oh, Salvador criollo, negro honrado !*
> *¡ Vuele tu fama, y nunca se consuma ;*
> *que en alabanza de tan buen soldado*
> *es bien que no se cansen lengua y pluma ! »*

Cortada es luego la cabeza del pirata y enclavada en la punta de una lanza para que todos, en el camino, sepan de su fin miserable, antes de ser bajada al hierro de un puñal que hasta la empuñadura le entra por las tragaderas —con cuyo trofeo se llega, en arrebato de vencedores, a la ilustre ciudad de Bayamo. A gritos piden los vecinos que se conceda al negro Salvador, en premio a su valentía, la condición de hombre libre, que bien merecida se la tiene. Otorgan las autoridades la merced. Y, con el regreso del Santo Obispo, cunde la fiesta en la población. Y tanto es el contento de los viejos, y el alborozo de las mujeres, y la algarabía de los niños, que, dolido por no haber sido invitado al regocijo, lo contempla, desde las frondas de guayabos y cañaverales, un público (dice Filomeno, ilustrando su enumeración con gestos descriptivos de indumentaria,

tant le serraient de près les furieux coups de taille du luthérien, bien protégé par sa cotte de mailles de facture normande. Mais, après l'avoir berné, pressé, fatigué, harcelé, avec des ruses qu'on utilise dans les ferrades du bétail sauvage, le courageux Salvador :

> « ... *fit un écart et le visa tout droit,*
> *lui enfonçant la lance dans le cœur.*
>
> ...
>
> *Oh ! Salvador le créole, noir glorieux !*
> *Que ta renommée vole, et jamais ne s'éteigne ;*
> *car pour louer soldat si valeureux*
> *qu'infatigables soient et ma langue et ma plume ! »*

La tête du pirate est sur-le-champ tranchée et clouée à la pointe d'une lance pour que tous, chemin faisant, sachent sa fin misérable, avant d'être descendue sur la lame d'un poignard qui pénètre dans la gorge jusqu'à la garde. Avec ce trophée l'on parvient dans un furieux tumulte de vainqueurs, à l'illustre cité de Bayamo. Les habitants demandent à grands cris que l'on accorde au nègre Salvador, pour prix de sa bravoure, la condition d'homme libre, qu'il a si bien méritée. Les autorités octroient cette grâce. Et, avec le retour du Saint Evêque, la ville tout entière est en liesse. Et si grands sont la satisfaction des vieillards, l'allégresse des femmes, le vacarme des enfants, que, affligé de n'avoir pas été invité à ces réjouissances, un public de satyres, faunes, silvains, semicapres, centaures, naïades, et même hamadryades « en jupons », (dit Filomeno illustrant son énumération de gestes descriptifs de vêtements,

cuernos y atributos) de sátiros, faunos, silvanos, semicarpos, centauros, náyades y hasta hamadríadas « en
naguas ». (Esto de los semicarpos y centauros asoma-
dos a los guayabales de Cuba pareció al viajero cosa de
excesiva imaginación por parte del poeta Balboa,
aunque sin dejar de admirarse de que un negrito de
Regla fuese capaz de pronunciar tantos nombres
venidos de paganismos remotos. Pero el cuadrerizo,
ufano de su ascendencia —orgulloso de que su bisa-
buelo hubiese sido objeto de tan extraordinarios
honores— no ponía en duda que en estas islas se
hubiesen visto seres sobrenaturales, engendros de
mitologías clásicas, semejantes a los muchos, de tez
más obscura, que aquí seguían habitando los bosques,
las fuentes y las cavernas —como los habían habitado
ya en los reinos imprecisos y lejanos de donde hubiesen
llegado los padres del ilustre Salvador que era, en su
modo, una suerte de Aquiles, pues donde no hay Troya
presente se es, a proporción de las cosas, Aquiles en
Bayamo o Aquiles en Coyoacán, según sean de notables
los acontecimientos.) Pero ahora, atropellando reme-
dos y onomatopeyas, canturreos altos y bajos, palmadas, sacudimientos, y con golpes dados en cajones,
tinajas, bateas, pesebres, correr de varillas sobre los
horcones del patio, exclamaciones y taconeos, trata
Filomeno de revivir el bullicio de las músicas oídas
durante la fiesta memorable, que acaso duró dos días
con sus noches, y cuyos instrumentos enumeró el poeta
Balboa en filarmónico recuento :

cornes et attributs) les contemple depuis les frondaisons de goyaviers et de cannaies. (Cette allusion aux semicapres et aux centaures hantant les bosquets de goyaviers de Cuba sembla au voyageur le fruit d'une imagination excessive de la part du poète Balboa, mais il ne manqua pas de s'étonner de ce qu'un jeune nègre de Regla fût capable de prononcer tant de noms qui provenaient d'une lointaine antiquité païenne. Mais le palefrenier, fier de son ascendance — qui tirait orgueil de ce que son bisaïeul eût été l'objet d'honneurs si extraordinaires — ne mettait pas en doute qu'on eût vu dans ces îles des êtres surnaturels, issus de mythologies classiques, semblables à ceux, nombreux, au teint plus foncé, qui continuaient ici à habiter la forêt, les sources et les cavernes — de même qu'ils les avaient habitées dans des royaumes imprécis et lointains d'où étaient arrivés les parents de l'illustre Salvador qui était, à sa façon, une sorte d'Achille, car à défaut d'une Troie actuelle on est, toutes proportions gardées, Achille à Bayamo ou Achille à Coyoacán, selon l'importance des événements.) Mais à présent, bousculant imitations et onomatopées, chantonnements à voix haute et à voix basse, tapes dans les mains, battements, avec des coups donnés sur des caisses, des jarres, des baquets, des mangeoires, des grattements de baguettes sur les poteaux en bois du patio, des exclamations et des claquettes, Filomeno essaie de revivre le tintamarre des musiques entendues durant la fête mémorable, qui dura peut-être deux jours et deux nuits, et dont le poète Balboa énuméra les instruments de musique en un dénombrement philharmonique :

flautas, zampoñas y « rabeles ciento » (« ripio de rimador falto de consonante —piensa el viajero—, pues nadie ha sabido nunca de sinfonías de cien rabeles, ni siquiera en la corte del Rey Felipe, tan aficionado a la música, según se dice, que nunca viajaba sin llevar consigo un órgano de palo que, en descansos, tañía el ciego Antonio de Cabezón »), clarincillos, adufes, panderos, panderetas y atabales, y hasta unas *tipinaguas*, de las que hacen los indios con calabazos —porque, en aquel universal concierto se mezclaron músicos de Castilla y de Canarias, criollos y mestizos, naboríes y negros. —« ¿ Blancos y pardos confundidos en semejante holgorio ? —se pregunta el viajero— : ¡ Imposible armonía ! ¡ Nunca se hubiese visto semejante disparate, pues mal pueden amaridarse las viejas y nobles melodías del romance, las sutiles mudanzas y diferencias de los buenos maestros, con la bárbara algarabía que arman los negros, cuando se hacen de sonajas, marugas y tambores !... ¡ Infernal cencerrada resultaría aquélla y gran embustero me parece que sería el tal Balboa ! » Pero piensa asimismo —y ahora más que antes —

1. Sonnailles indiennes.
2. Nabori : Indien domestique, ou domestique en général *(Diccionario de mejicanismos, op. cit.).*
3. *Maracas* : Calebasses emmanchées de courts bâtons et remplies de graines (*capachos*) d'une plante herbacée (Canna edulis et Canna indica), ou simplement de petits cailloux, qui font office d'instrument rythmique. *Marucas* : maracas (Cuba, Porto Rico).
4. *Espejo de Paciencia (Miroir de Patience)*, qui a fourni à A. Carpentier la matière des pages qui précèdent, est le premier poème écrit à Cuba, à Puerto Príncipe, en 1608, par Silvestre de Balboa. Filomeno

flûtes, guimbardes et « de rebecs une centaine »
(« cheville de rimeur à court de rime — se dit le
voyageur —, car nul n'a jamais entendu parler de
symphonies pour cent rebecs, même pas à la cour du
roi Philippe, si passionné de musique, dit-on, qu'il ne
voyageait jamais sans transporter dans ses bagages un
orgue manuel, dont jouait, aux moments de détente,
l'aveugle Antonio de Cabezón »), chalumeaux, tambours mauresques, tambours de basque, tambourins,
timbales et même ces *tipinaguas*[1] que fabriquent les
Indiens avec des calebasses — car, dans ce concert
universel il y avait pêle-mêle des musiciens de Castille
et des Canaries, des créoles et des métis, des Indiens
Naboris[2] et des noirs. — Blancs et gens de couleur
confondus en semblable tohu-bohu ? — se demande le
voyageur — : Impossible harmonie ! On n'avait sans
doute jamais vu pareille folie, car mal peuvent se
marier les nobles et vieilles mélodies du romance, les
subtiles mutations et variations des bons maîtres, et le
barbare tintamarre que provoquent les nègres quand
ils mettent la main sur des grelots, des maracas[3] et des
tambours !... Quel infernal charivari ce dut être ! J'ai
l'impression que ce Balboa devait être un fieffé men-
teur[4] ! » Mais il se dit aussi — maintenant plus
qu'auparavant —

en reprend ici les épisodes tels qu'ils sont rapportés par le poète. Le
sujet en est historique. Voir Cintio Vitier, *Lo cubano en la poesía*,
Instituto del libro, La Habana, 1970. Cintio Vitier détache, entre
autres aspects, « la présence et la caractérisation des personnages
insulaires (créoles, Indiens, Noirs), et, surtout le mélange de la
mythologie classique avec la flore et la faune indigènes de l'île ». A.
Carpentier a intégré ingénieusement le poème de Silvestre de
Balboa, baroque par certains aspects, dans son *Concierto barroco*, en
faisant de Filomeno le descendant de Salvador !

que el bisnieto de Golomón sería el mejor sujeto posible para heredar las galas del difunto Francisquillo, y una mañana, hechas a Filomeno las proposiciones de entrar a su servicio, el forastero le prueba una casaca roja que le sienta magníficamente. Luego le pone una peluca blanca que lo hace más negro de lo que es. Con los calzones y las medias claras se las entiende bastante bien. En cuanto a los zapatos de hebilla, sus juanetes se le resisten un tanto, pero ya se irán acostumbrando... Y, hablado lo que había de hablarse, arreglado todo con el posadero, sale el Amo, tocado de jarano, hacia el embarcadero de Regla, en aquel amanecer de septiembre, seguido por el negro que sobre su cabeza alza una sombrilla de paño azul con flecos plateados. El servicio del desayuno con tazas grandes y tazas chicas, todas de plata, la bacía y el orinal, la jeringa de las lavativas —también de plata—, la escribanía y el estuche de las navajas, el relicario de la Virgen y el de San Cristóbal, protector de andariegos y navegantes, vienen en cajas, seguidas de otra caja que guarda los tambores y la guitarra de Filomeno, cargadas a lomo de esclavos a quienes el criado, ceñudo bajo el escaso resguardo de un tricornio charolado, apura el paso, gritando palabras feas en dialecto de nación.

que l'arrière-petit-fils de Golomón serait sans doute le mieux fait pour hériter les atours de feu Francisquillo, et un matin, après avoir proposé à Filomeno d'entrer à son service, l'étranger lui fait essayer une casaque rouge qui lui va à merveille. Puis il lui met une perruque blanche qui le rend plus noir qu'il n'est. Le valet n'a pas trop de mal à enfiler les chausses et les bas de couleur claire. Quant aux souliers à boucle, ses gros orteils protestent bien un peu, mais ils s'habitueront peu à peu... Et, après s'être entretenus de ce qu'il fallait, et avoir tout réglé avec l'aubergiste, le Maître coiffé d'un *jarano* [1], se met en route vers l'embarcadère de Regla, en cette aube de septembre, suivi par le nègre qui lève au-dessus de sa tête une ombrelle de drap bleu à franges argentées. Le service du petit déjeuner avec ses bols et ses tasses, tous en argent, le plat à barbe et le pot de chambre, la seringue aux clystères — en argent également —, l'écritoire et l'écrin aux rasoirs, le reliquaire de la Vierge et celui de saint Christophe, protecteur des voyageurs et des marins, viennent dans des caisses, suivies d'une autre caisse qui contient les tambours et la guitare de Filomeno, portées à dos d'esclaves dont le domestique, renfrogné sous le piètre abri d'un tricorne verni, presse le pas, en criant des grossièretés dans le dialecte de sa tribu.

1. *Jarano* : typique chapeau mexicain en feutre, à large bord, garni de galons et d'un cordon orné à son extrémité par des pompons (*Diccionario de mejicanismos, op. cit.*).

III

Nieto de gente nacida en algún lugar situado entre Colmenar de Oreja y Villamanrique del Tajo y que, por lo mismo, habían contado maravillas de los lugares dejados atrás, imaginábase el Amo que Madrid era otra cosa. Triste, deslucida y pobre le parecía esa ciudad, después de haber crecido entre las platas y tezontles de México. Fuera de la Plaza Mayor, todo era, aquí, angosto, mugriento y esmirriado, cuando se pensaba en la anchura y el adorno de las calles de allá, con sus portadas de azulejos y balcones llevados en alas de querubines, entre cornucopias que sacaban frutas de la piedra y letras enlazadas por pámpanos y yedras que, en muestras de fina pintura, pregonaban los méritos de las joyerías. Aquí, las posadas eran malas, con el olor a aceite rancio que se colaba en los cuartos, y en muchas ventas no podía descansarse a gusto por la bulla que en los patios armaban los representantes,

III

Petit-fils d'Espagnols nés en quelque coin perdu situé entre Colmenar de Oreja et Villamanrique del Tajo et qui, pour cette raison, avaient conté merveilles des bourgades laissées derrière eux, le Maître s'était fait une autre idée de Madrid. Après avoir grandi dans l'opulence et les palais en tezontle de Mexico, cette ville lui semblait triste, terne et pauvre. Excepté la Plaza Mayor, tout était, ici, étroit, crasseux et rabougri, quand on pensait à la largeur et à l'ornementation des rues de l'autre capitale, avec leurs arcades ornées d'azulejos et leurs balcons soutenus par des ailes de chérubins, parmi des cornes d'abondance dont les fruits jaillissaient de la pierre et des lettres enlacées de pampres et de feuilles de lierre, qui, sur les enseignes délicatement peintes, proclamaient les mérites des joailleries. Ici, les auberges étaient mauvaises, avec une odeur d'huile rance qui s'infiltrait dans les chambres, et dans nombre d'entre elles on ne pouvait se reposer à son aise en raison du raffut que dans les patios,

clamando los versos de una loa, o metidos en griterías de emperadores romanos, haciendo alternar las togas de sábana y cortina con los trajes de bobos y vizcaínos, cuyos entremeses se acompañaban de músicas que si mucho divertían al negro por la novedad, bastante disgustaban al Amo por lo destempladas. De cocina no podía hablarse : ante las albóndigas presentes, la monotonía de las merluzas, evocaba el mexicano la sutileza de los peces guachinangos y las pompas del guajolote vestido de salsas obscuras con aroma de chocolate y calores de mil pimientas ; ante las berzas de cada día, las alubias desabridas, el garbanzo y la col, cantaba el negro los méritos del aguacate pescuezudo y tierno, de los bulbos de malanga que, rociados de vinagre, perejil y ajo, venían a las mesas de su país, escoltados por cangrejos cuyas bocas de carnes leonadas tenían más sustancia que los solomos de estas tierras. De día, andaban entre tabernas de buen vino y librerías, sobre todo, donde el Amo adquiría tomos antiguos, de hermosas tapas, tratados de teología, de los que siempre adornan una biblioteca, sin acabar de divertirse en nada. Una noche, fueron de putas a una casa donde los recibió un ama obesa, ñata, bizca, leporina, picada de viruelas, con el cuello envuelto en bocios, cuyo ancho trasero, movido a palmo y medio del suelo,

1. *Loa* : « Court poème dramatique dans lequel on célèbre de façon allégorique une personne illustre ou un événement faste » (Dictionnaire de la *Real Academia española*).
2. *Entremés* : pièce en un seul acte jouée entre deux actes, ou *jornadas* d'une comedia.
3. *Malanga* : « Nom vulgaire de diverses espèces de plantes

provoquaient les comédiens clamant les vers d'une *loa* [1], ou absorbés par les criailleries d'empereurs romains, faisant alterner les toges faites d'un drap de lit et d'un rideau avec les costumes de bouffons et de Biscayens, dont les intermèdes [2] étaient accompagnés d'airs, qui amusaient fort le nègre en raison de leur nouveauté, mais dont les fausses notes agaçaient passablement le Maître. De cuisine on ne pouvait guère parler : devant les boulettes de viande qu'on lui servait ici, la monotonie des merluches, le Mexicain évoquait la finesse des pagres et les pompes de la dinde enrobée de sauces sombres au parfum de chocolat et distillant les feux de mille piments ; devant les choux de chaque jour, les haricots insipides, et les pois chiches, le nègre chantait les mérites de l'avocat à col renflé et tendre, des pommes de malanga [3], qui, assaisonnées d'une persillade, garnissaient les tables de son pays, escortés par des crabes dont la chair fauve [4] était plus substantielle que les filets de bœuf de ce pays-ci. Le jour, ils fréquentaient les tavernes où l'on servait du bon vin et surtout les librairies où le Maître achetait des livres anciens, aux belles reliures, et de ces traités de théologie qui font en général l'ornement d'une bibliothèque, sans que rien pût vraiment les distraire. Une nuit, ils allèrent au bordel où les reçut une tenancière obèse, camuse, bigle, avec un bec-de-lièvre, le visage grêlé de petite vérole, le cou goitreux, dont les larges fesses, qui se trémoussaient à un empan et demi au-dessus du sol,

aracées dont les tubercules farineux sont comestibles » *(Diccionario de mejicanismos, op. cit.).*

4. *Cuyas bocas de carnes leonadas* : à Cuba et en Espagne on appelle *bocas de cangrejo* les grosses pinces de ce crustacé (*cangrejo* : crabe).

era algo así como el de una enana gigante. Rompió la orquesta de ciegos a tocar un minué de empaque lagarterano, y, llamadas por sus nombres, aparecieron la Filis, la Cloris y la Lucinda, vestidas de pastoras, seguidas por la Isidra y la Catalana, que de prisa acababan de tragarse una colación de pan con aceite y cebolla, pasándose una bota de Valdepeñas para bajarse el último bocado. Aquella noche se bebió recio, contó el Amo sus andanzas de minero por las tierras de Taxco, y bailó Filomeno las danzas de su país a compás de una tonada, cantada por él, en cuyo estribillo se hablaba de una culebra cuyos ojos parecían candela y cuyos dientes parecían alfileres. Quedó la casa cerrada para mejor holgorio de los forasteros, y las horas del mediodía serían ya cuando ambos volvieron a su albergue, luego de almorzar alegremente con las putas. Pero, si Filomeno se relamía de gusto recordando su primer festín de carne blanca, el Amo, seguido por una chusma de mendigos apenas aparecía en calles donde ya era conocida la pinta de su jarano con recamados de plata, no cesaba en sus lamentos contra la ruindad de esta villa harto alabada —poca cosa era, en verdad, comparada con lo quedado en la otra orilla del Océano— donde un caballero de su mérito y apostura tenía que aliviarse con putas, por no hallar señora de condición que le abriera las cortinas de su alcoba.

1. *De empaque lagarterano* : de style de Lagartera (province de Tolède). *Lagarterano* est ici employé comme « venant de Tolède ». Le menuet était joué à la tolédane.

faisaient penser à celles d'une naine géante. Un orchestre d'aveugles attaqua les premières notes d'un menuet à la tolédane[1], et, appelées par leurs noms, apparurent la Philis, la Cloris et la Lucinda habillées en bergères, suivies par la Isidra et la Catalane, qui finissaient d'avaler en hâte une collation de pain frotté d'huile et d'oignon, se passant de main en main une gourde de Valdepeñas pour faire descendre la dernière bouchée. Cette nuit-là on but sec, le Maître raconta ses équipées d'exploitant de mines sur les terres de Taxco[2], et Filomeno dansa les danses de son pays au rythme d'une chanson qu'il chantait lui-même, dans le refrain de laquelle on parlait d'un serpent dont les yeux ressemblaient à du feu et les dents à des épingles[3]. On ferma la maison pour que les étrangers puissent mieux bambocher, et il devait être midi quand ils revinrent tous deux à leur auberge, après avoir déjeuné gaiement avec les putains. Mais si Filomeno se pourléchait de plaisir au souvenir de son premier festin de chair blanche, le Maître, suivi par une racaille de mendiants à peine mettait-il le nez dans des rues où était désormais connue l'allure de son *jarano* aux broderies d'argent, ne cessait de pester contre la médiocrité de cette ville par trop louée — qui était bien peu de chose, en vérité, comparée à la capitale qui s'élevait sur l'autre rive de l'océan — où un gentilhomme de ses mérites et de sa prestance devait se soulager avec des putains, parce qu'il ne trouvait pas de dame de qualité qui lui ouvrît les rideaux de son alcôve.

2. Taxco : ville située dans l'Etat de Guerrero, au Mexique, célèbre par les nombreuses mines d'argent de sa région.
3. Voir plus bas note 1, page 102.

Aquí, las ferias no tenían el color ni la animación de las de Coyoacán; las tiendas eran pobres en objetos y artesanías, y los muebles que en algunas se ofrecían, eran de un estilo solemne y triste, por no decir pasado de moda, a pesar de sus buenas maderas y cueros repujados; los juegos de caña eran malos, porque faltaba coraje a los jinetes, y, al paradear en apertura de justa, no llevaban sus caballos con una ambladura pareja, ni sabían arrojarse a todo galope hacia el tablado de las tribunas, haciendo frenar el corcel por las cuatro herraduras cuando ya parecía que la desgracia de un encontronazo fuese inevitable. En cuanto a los autos sacramentales de tinglado callejero, estaban en franca decadencia, con sus diablos de cuernos gachos, sus Pilatos afónicos, sus santos con nimbos mordidos de ratones. Pasaban los días y el Amo, con tanto dinero como traía, empezaba a aburrirse tremendamente. Y tan aburrido se sintió una mañana que resolvió acortar su estancia en Madrid para llegar cuanto antes a Italia, donde las fiestas de carnaval, que empezaban en Navidades, atraían gentes de toda Europa. Como Filomeno estaba como embrujado por los retozos de la Filis y la Lucinda que, en casa de la enana gigante, fantaseaban con él en una ancha cama rodeada de espejos, acogió con disgusto la idea del viaje. Pero tanto le dijo el Amo que estas hembras de acá eran de desecho y miseria al lado de cuanto encontraría en el ámbito de la Ciudad Pontificia,

Ici les marchés n'avaient ni la couleur ni l'animation de celles de Coyoacán, les boutiques étaient pauvres en objets et en artisanat, et les meubles que certaines vendaient étaient d'un style solennel et triste, pour ne pas dire démodé, malgré leurs jolies boiseries et leurs cuirs repoussés ; les jeux de bagues étaient mauvais, parce que les cavaliers manquaient de mordant, et lors de la parade à l'ouverture d'une joute, ils ne faisaient pas mener à leurs chevaux un amble égal et ne savaient pas se lancer au grand galop vers l'estrade des tribunes en obligeant leur coursier à freiner des quatre fers au moment où il semblait que le malheur d'un choc fût inévitable. Quant aux *autos sacramentales* [1] que l'on jouait sur des tréteaux dans les rues, ils étaient en franche décadence avec leurs diables bas encornés, leurs Pilates aphones, leurs saints aux nimbes rongés par les souris. Les jours passaient et le Maître, malgré son immense fortune, commençait à s'ennuyer terriblement. Et il se sentit un matin en proie à un tel ennui, qu'il résolut d'écourter son séjour à Madrid pour arriver le plus tôt possible en Italie, où les fêtes de carnaval, qui commençaient à Noël, attiraient des gens de toute l'Europe. Comme Filomeno était en quelque sorte ensorcelé par les ébats de la Philis et de la Lucinda qui, chez la naine géante, faisaient avec lui mille folies dans un large lit entouré de miroirs, il accueillit avec déplaisir l'idée du voyage. Mais le Maître lui répéta si bien que les femmes de ce pays-ci n'étaient que misérable rebut à côté de celles qu'il rencontrerait dans l'enceinte de la Cité Pontificale,

1. *Autos sacramentales* : pièces dramatiques en l'honneur du mystère de l'Eucharistie.

que el negro, convencido, cerró las cajas y se envolvió en la capa de cochero que acababa de comprarse. Bajando hacia el mar, en jornadas cortas que les hicieron dormir en las posadas blancas —cada vez más blancas— de Tarancón o de Minglanilla, trató el mexicano de entretener a su criado con el cuento de un hidalgo loco que había andado por estas regiones, y que, en una ocasión, había creído que unos molinos (« como aquel que ves allá »...) eran gigantes. Filomeno afirmó que tales molinos en nada parecían gigantes, y que para gigantes de verdad había unos, en África, tan grandes y poderosos, que jugaban a su antojo con rayos y terremotos... Cuando llegaron a Cuenca, el Amo observó que esa ciudad, con su calle mayor subida a lomo de una cuesta, era poca cosa al lado de Guanajuato, que también tenía una calle semejante, rematada por una iglesia. Valencia les agradó porque allí volvían a encontrar un ritmo de vida, muy despreocupado de relojes, que les recordaba el « no hagas mañana lo que puedes dejar para pasado mañana » de sus tierras de atoles y ajiacos. Y así, luego de seguir caminos de donde siempre se veía el mar, llegaron a Barcelona, alegrándose el oído con el son de muchas chirimías y atabales, ruido de cascabeles, gritos de « aparta », « aparta », de corredores que de la ciudad salían. Vieron las naves que estaban en la playa, las cuales,

1. Guanajuato : située à 1 700 m d'altitude, Guanajuato était l'une des villes les plus riches du Mexique à l'époque coloniale, grâce en particulier à ses mines d'argent.

que le nègre, convaincu, ferma les caisses et s'enve-
loppa dans la cape de cocher qu'il venait de s'acheter.
En descendant vers la mer, par petites journées qui
leur firent passer la nuit dans les auberges blanches —
de plus en plus blanches — de Tarancón ou de
Minglanilla, — le Mexicain voulut divertir son valet
en lui racontant l'histoire d'un gentilhomme fou qui
avait hanté ces régions, et qui, en une certaine
occasion, avait pris des moulins (« comme celui que tu
vois là-bas... ») pour des géants. Filomeno affirma que
ces moulins ne ressemblaient nullement à des géants,
et qu'en fait de géants véritables il y en avait, en
Afrique, de si grands et de si puissants qu'ils jouaient à
leur guise avec la foudre et les tremblements de terre...
Quand ils arrivèrent à Cuenca, le Maître remarqua
que cette ville, avec sa grand-rue qui chevauchait le
dos d'une côte, était peu de chose à côté de Guanajuato[1], qui avait aussi une rue semblable, couronnée
par une église. Valencia leur plut parce qu'ils y
retrouvaient un rythme de vie, très insoucieux de
l'heure, qui leur rappelait le dicton : « ne fais pas
demain ce que tu peux laisser pour après-demain » de
leur patrie d'*atoles* et d'*ajiacos*[2]. Et ainsi, après avoir
suivi une route d'où l'on voyait toujours la mer, ils
arrivèrent à Barcelone : leurs oreilles furent réjouies du
son de nombreux chalumeaux et tambours, du bruit
des grelots, des cris de « place ! », « place ! », des
postes qui sortaient de la ville en courant. Ils aperçu-
rent les galères qui étaient sur la plage, lesquelles,

2. *Atoles* : voir plus haut note 2, page 22. *Ajiacos* : l'*ajiaco* est une
sorte de ragoût qui se compose de viandes diverses, de maïs et de
bananes, etc., assaisonnées d'*ají* (piment).

abatiendo las tiendas, se descubrían llenas de flámulas y gallardetes, que tremolaban al viento, y besaban y barrían el agua. El mar alegre, la tierra jocunda, el aire claro, parece que iba infundiendo y engendrando gusto súbito en todas las gentes. —« Parecen hormigas —decía el Amo, mirando a los muelles desde la cubierta del barco que mañana navegaría hacia Italia—. Si los dejas, levantarán edificios tan altos que rascarán las nubes. » A su lado, Filomeno, en voz baja, rezaba a una Virgen de cara negra, patrona de pescadores y navegantes, para que la travesía fuese buena y se llegara con salud al puerto de Roma que, según su idea, siendo ciudad importante debía alzarse a orillas del Océano, con un buen cinturón de arrecifes para protegerla de los ciclones —ciclones que arrancarían las campanas de San Pedro, cada diez años, más o menos, como sucedía en La Habana con las iglesias de San Francisco y del Espíritu Santo.

1. Réminiscence du passage dans lequel Cervantès décrit l'arrivée de don Quichotte et de Sancho Panza à Barcelone (*Don Quichotte*, deuxième partie, chap. LXI) : « Vieron las galeras que estaban en la playa, las cuales abatiendo las tiendas, se descubrieron llenas de flámulas y gallardetes, que tremolaban al viento y besaban y barrían el agua ; dentro sonaban clarines, trompetas y chirimías, que cerca y lejos llenaban el aire de suaves y belicosos acentos... El mar alegre, la tierra jocunda, el aire claro... parece que iba infundiendo y engendrando gusto súbito en todas las gentes » (« Ils virent les

abaissant leurs tentes, parurent pleines de flammes et de banderoles, qui flottaient au vent, baisant et balayant l'eau. La mer pleine d'allégresse, la terre de joie, et l'air plein de clarté, tout semblait faire naître un soudain contentement chez tout le monde[1]. — « On dirait des fourmis — disait le Maître, regardant les quais du pont du bateau qui le lendemain voguerait vers l'Italie —. Si on les laisse faire ils construiront des édifices si élevés qu'ils gratteront les nuages. » A côté de lui, Filomeno priait à voix basse une Vierge noire, patronne des pêcheurs et des marins, de leur accorder une bonne traversée et de les conduire sains et saufs au port de Rome qui, pensait-il, étant une ville importante devait s'élever au bord de l'océan, avec une bonne ceinture de récifs pour la protéger contre les cyclones — cyclones qui arrachaient sans doute les cloches de Saint-Pierre, tous les dix ans, environ, comme cela se passait à La Havane pour les églises de Saint-François et du Saint-Esprit.

galères qui étaient amarrées à la plage, lesquelles, abattant leurs tentes, se découvrirent toutes pavoisées de banderoles et de bannières qui se déployaient au vent, et baisaient et balayaient l'eau ; on entendait au-dedans résonner les clairons et les trompettes, qui de près et au loin, remplissaient l'air de suaves et belliqueux accents... La mer était calme, la terre riante, l'air pur et serein... tout semblait réjouir et mettre en belle humeur la population entière » (traduction de Louis Viardot, *in* Classiques Garnier).

IV

En gris de agua y cielos aneblados, a pesar de la
suavidad de aquel invierno; bajo la grisura de nubes
matizadas de sepia cuando se pintaban, abajo, sobre las
anchas, blandas, redondeadas ondulaciones —emperezadas en sus mecimientos sin espuma— que se abrían o
se entremezclaban al ser devueltas de una orilla a otra;
entre los difuminos de acuarela muy lavada que
desdibujaban el contorno de iglesias y palacios, con
una humedad que se definía en tonos de alga sobre las
escalinatas y los atracaderos, en llovidos reflejos sobre
el embaldosado de las plazas, en brumosas manchas
puestas a lo largo de las paredes lamidas por pequeñas
olas silenciosas; entre evanescencias, sordinas, luces
ocres y tristezas de moho a la sombra de los puentes
abiertos sobre la quietud de los canales; al pie de los
cipreses que eran como árboles apenas esbozados;
entre grisuras, opalescencias, matices crepusculares,
sanguinas apagadas, humos de un azul pastel, había
estallado el carnaval, el gran carnaval de Epifanía, en
amarillo naranja y amarillo mandarina, en amarillo
canario y en verde rana, en rojo granate, rojo de
petirrojo,

IV

En un gris d'eau et de ciels embrumés, malgré la douceur de cet hiver-là ; sous la grisaille de nuages colorés de sépia lorsqu'ils se reflétaient, en bas, sur les larges ondulations, molles et arrondies — alanguies en leurs flux et reflux sans écume — qui s'amplifiaient ou s'entremêlaient quand elles étaient poussées d'une berge à l'autre, parmi les teintes vaporeuses d'aquarelles très délavées qui estompaient le contour des églises et des palais, dans une humidité qui se définissait en tons d'algue sur les perrons et les débarcadères, en reflets de pluie sur le carrelage des places, en taches brumeuses plaquées le long des murs léchés par de courtes vagues silencieuses ; parmi des évanescences, des sons assourdis, des lumières ocres et la tristesse de la rouille à l'ombre des ponts qui enjambaient la quiétude des canaux ; au pied des cyprès qui étaient comme des arbres à peine ébauchés ; au milieu de grisailles, d'opalescences, de reflets crépusculaires, de sanguines éteintes, de fumées d'un bleu pastel, avait éclaté le carnaval, le grand carnaval de l'Epiphanie, en jaune orange et jaune mandarine, en jaune canari et en vert grenouille, en rouge grenat, rouge de rouge-gorge,

rojo de cajas chinas, trajes ajedrezados en añil, y azafrán, moñas y escarapelas, listados de caramelo y palo de barbería, bicornios y plumajes, tornasol de sedas metido en turbamulta de rasos y cintajos, turquerías y mamarrachos, con tal estrépito de címbalos y matracas, de tambores, panderos y cornetas, que todas las palomas de la ciudad, en un solo vuelo que por segundos ennegreció el firmamento, huyeron hacia orillas lejanas. De pronto, añadiendo su sinfonía a la de banderas y enseñas, se prendieron las linternas y faroles de los buques de guerra, fragatas, galeras, barcazas del comercio, goletas pesqueras, de tripulaciones disfrazadas, en tanto que apareció, tal una pérgola flotante, todo remendado de tablones disparejos y duelas de barril, maltrecho pero todavía vistoso y engreído, el último bucentauro de la Serenísima República, sacado de su cobertizo, en tal día de fiesta, para dispersar las chispas, coheterías y bengalas de un fuego artificial coronado de girándulas y meteoros... Y todo el mundo, entonces, cambió de cara. Antifaces de albayalde, todos iguales, petrificaron los rostros de los hombres de condición, entre el charol de los sombreros y el cuello del tabardo ; antifaces de terciopelo obscuro ocultaron el semblante, sólo vivo en labios y dientes, de las embozadas de pie fino. En cuanto al pueblo, la marinería, las gentes de la verdura, el buñuelo y el pescado, del sable y del tintero, del remo y de la vara, fue una transfiguración general que ocultó las pieles tersas o arrugadas,

rouge de coffres chinois, en costume à carreaux bleu indigo, et jaune safran, en flots de rubans et cocardes, en torsades de couleurs, comme berlingot et enseigne de barbier, en bicornes et plumets, en chatoiement de soies fondu dans un tourbillon de satins et de rubans, de turqueries et de pitres, avec un tel fracas de cymbales et de crécelles, de tambours, tambours de basque et clairons, que tous les pigeons de la ville, d'un seul envol, qui l'espace de quelques secondes obscurcit le firmament, s'enfuirent vers des lointains rivages. Tout à coup, ajoutant leur symphonie à celle des drapeaux et des enseignes, s'éclairèrent les lanternes et les falots des navires de guerre, des frégates, galères, barcasses de commerce, goélettes de pêche, dont les équipages étaient masqués, tandis qu'apparaissait, telle une pergola flottante, tout rapiécé avec de grosses planches inégales et des douves de tonneau, en piteux état, mais encore élégant et fier, le dernier bucentaure de la Sérénissime République, tiré de son hangar, en ce jour de fête, pour répandre dans le ciel les gerbes d'étincelles, les fusées et les feux de Bengale d'un feu d'artifice couronné de girandoles et de météores... Et tout le monde, alors, changea de visage. Des masques de céruse, tous identiques, pétrifièrent les visages des hommes de qualité, entre le vernis des chapeaux et le col des tabards ; des loups de velours sombre dissimulèrent le visage, dont on ne voyait que l'éclat des lèvres et des dents, des belles déguisées au pied menu. Quant au peuple, aux matelots, aux marchands de légumes, de beignets et de poissons, aux gens d'épée et de robe, à ceux qui maniaient la rame et la perche, ce fut une transfiguration générale qui dissimula les peaux lisses ou ridées,

la mueca del engañado, la impaciencia del engañador o las lujurias del sobador, bajo el cartón pintado de las caretas de mongol, de muerto, de Rey Ciervo, o de aquellas otras que lucían narices borrachas, bigotes a lo berebere, barbas de barbones, cuernos de cabrones. Mudando la voz, las damas decentes se libraban de cuantas obscenidades y cochinas palabras se habían guardado en el alma durante meses, en tanto que los maricones, vestidos a la mitológica o llevando basquiñas españolas, aflautaban el tono de proposiciones que no siempre caían en el vacío. Cada cual hablaba, gritaba, cantaba, pregonaba, afrentaba, ofrecía, requebraba, insinuaba, con voz que no era la suya, entre el retablo de los títeres, el escenario de los farsantes, la cátedra del astrólogo o el muestrario del vendedor de yerbas de buen querer, elíxires para aliviar el dolor de ijada o devolver arrestos a los ancianos. Ahora, durante cuarenta días, quedarían abiertas las tiendas hasta la medianoche, por no hablarse de las muchas que no cerrarían sus puertas de día ni de noche; seguirían bailando los micos del organillo; seguirían meciéndose las cacatúas amaestradas en sus columpios de filigrana; seguirían cruzando la plaza, sobre un alambre, los equilibristas; seguirían en sus oficios los adivinos, las echadoras de cartas, los limosneros y las putas —únicas mujeres de rostros descubiertos, cabales, apreciables, en tales tiempos, ya que cada cual quería saber, en caso de trato, lo que habría de llevarse a las posadas cercanas en medio del universal fingimiento de personalidades, edades, ánimo y figuras

la grimace du dupé, l'impatience du dupeur ou les gestes lascifs du peloteur, sous le carton peint des têtes de Mongol, des têtes de mort, du Roi Cerf, ou de ces autres masques qui exhibaient des nez d'ivrognes, des moustaches à la Berbère, des barbes de barbons, des cornes de cornards. Déguisant leur voix, les honnêtes femmes se soulageaient de tous les mots obscènes et orduriers qu'elles n'avaient osé prononcer pendant des mois, tandis que les pédés, travestis en déesses de la mythologie ou portant des basquines espagnoles, faisaient d'une voix flûtée des propositions qui ne tombaient pas toujours dans le vide. Chacun parlait, braillait, chantait, poussait les cris des métiers, invectivait, faisait des avances, courtisait, insinuait, d'une voix qui n'était pas la sienne, autour du retable des marionnettes, du tréteau des comédiens, de la chaire de l'astrologue ou de l'étalage du marchand d'herbes aphrodisiaques, d'élixirs pour soulager le point de côté ou rendre la virilité aux vieillards. Maintenant, quarante jours durant, les boutiques resteraient ouvertes jusqu'à minuit, sans parler de celles, plus nombreuses, qui ne fermeraient leurs portes ni de jour ni de nuit ; les singes de l'orgue de Barbarie ne cesseraient de danser ; les cacatoès apprivoisés de se balancer sur leurs balançoires de filigrane ; les équilibristes de traverser la place sur un fil de fer, les devins, les tireuses de cartes, les mendiants et les catins d'exercer leur métier — les catins, les seules femmes au visage découvert, authentique, identifiable, en de telles circonstances, car chacun voulait savoir, en cas d'accord, qui il emmènerait à l'auberge voisine au milieu de l'universelle fiction sous laquelle s'abritaient personnalités, âges, caractères et silhouettes.

Bajo las iluminaciones se habían encendido las aguas de la ciudad, en canales grandes y canales pequeños, que ahora parecían mover en sus honduras las luces de trémulos faroles sumergidos.

Por descansar del barullo y de los empellones, de los zarandeos de la multitud, del mareo de los colores, el Amo, vestido de Montezuma, entró en la *Bottega di Caffé* de Victoria Arduino, seguido del negro, que no había creído necesario disfrazarse al ver cuán máscara parecía su cara natural entre tantos antifaces blancos que daban, a quienes los llevaban, un medio rostro de estatua. Allí estaba sentado ya, en una mesa del fondo, el Fraile Pelirrojo, de hábito cortado en la mejor tela, adelantando su larga nariz corva entre los rizos de un peinado natural que tenía, sin embargo, como un aire de peluca llovida. —« Como he nacido con esta careta no veo la necesidad de comprarme otra » —dijo, riendo. —« ¿ Inca ? » —preguntó después, palpando los abalorios del emperador azteca. —« Mexicano »— respondió el Amo, largándose a contar una larga historia que el fraile, ya muy metido en vinos, vio como la historia de un rey de escarabajos gigantes —

1. Le carnaval de Venise a fait l'objet de nombreuses évocations chez les voyageurs du XVIIIe siècle et tous ceux qui se sont penchés sur les coutumes de la Sérénissime à cette époque : joie débordante, divertissements, licence des mœurs. « Il dure six mois de l'année, du premier dimanche d'octobre à la Noël, et du jour des Rois au Carême ; à l'Ascension, pour deux semaines, il recommence ; il recommence le jour de la Saint-Marc, à chaque élection de doge, à chaque élection de procurateur, au moindre prétexte, à la moindre occasion. Tant qu'il dure les gens sont masqués, tous les gens sont

Sous les illuminations les eaux de la ville s'étaient incendiées, dans les canaux grands et petits, qui semblaient à présent agiter dans leurs profondeurs les lumières de frémissantes lanternes englouties [1].

Pour se reposer du tohu-bohu et des bourrades, des bousculades de la foule, de l'étourdissement que lui causaient les couleurs, le Maître vêtu en Montezuma, entra dans la *Bottega di Caffé* de Victoria Arduino, suivi du nègre, qui n'avait pas cru nécessaire de se déguiser en voyant combien son visage véritable ressemblait à un masque parmi tant de loups blancs qui donnaient à ceux qui les portaient un demi-visage de statue. A une table du fond était déjà assis le Prêtre Roux [2], en habit ecclésiastique coupé dans le meilleur tissu, pointant son long nez crochu entre les boucles d'une chevelure naturelle qui avait, cependant, un petit air de perruque mouillée par la pluie. — « Comme je suis né avec ce masque, je ne vois pas la nécessité de m'en acheter un autre » — dit-il, en riant. — « Inca ? » — demanda-t-il ensuite en palpant la verroterie de l'empereur aztèque. — « Mexicain » — répondit le Maître, entreprenant de raconter une longue histoire que le prêtre, déjà très éméché, comprit comme étant celle d'un roi de scarabées géants —

masqués, du doge à la servante » (Philippe Monnier, *op. cit.*, p. 49 sq. Voir de Brosses, *Lettres familières écrites d'Italie, op. cit.*).

2. *Le Prêtre roux* : *Prete rosso* en italien. Ainsi était appelé Antonio Lucio Vivaldi, à cause de ses cheveux roux. Sur Vivaldi, né à Venise le 4 mars 1678, ordonné prêtre en 1703 (mais il n'exerça pas son sacerdoce), voir l'ouvrage fondamental de Roland de Candé, *Vivaldi* (éd. du Seuil, coll. Solfèges). C'est Roland de Candé qui révéla à Alejo Carpentier l'existence d'un opéra de Vivaldi intitulé *Montezuma*.

algo de escarabajo tenía, en efecto, el peto verde,
escamado, reluciente, del narrador—, que había vivido
no hacía tanto tiempo, si se pensaba bien, entre
volcanes y templos, lagos y teocallis, dueño de un
imperio que le fuera arrebatado por un puñado de
españoles osados, con ayuda de una india, enamorada
del jefe de los invasores. —« Buen asunto; buen
asunto para una ópera... » —decía el fraile, pensando,
de pronto, en los escenarios de ingenio, trampas,
levitaciones y *macchine,* donde las montañas
humeantes, apariciones de monstruos y terremotos con
desplome de edificios, serían del mejor efecto, ya que
aquí se contaba con la ciencia de maestros tramoyistas
capaces de remedar cualquier portento de la natura-
leza, y hasta de hacer volar un elefante vivo, como se
había visto recientemente en un gran espectáculo de
magia. Y seguía el otro hablando de hechicerías de
teules, sacrificios humanos y coros de noches tristes,
cuando apareció el ocurrente sajón, amigo del fraile,
vestido con sus ropas de siempre, seguido del joven
napolitano, discípulo de Gasparini, que, quitándose el
antifaz por harto sudado,

1. Allusion à Doña Marina. Voir plus haut note 2, page 24.
2. Les Indiens appelaient ainsi les conquérants, qu'ils prenaient
pour des dieux. « Yo que soy dios o teule », « moi qui suis dieu ou
teule », déclare Montezuma, dans la chronique de Bernal Díaz del
Castillo (*Biblioteca de Autores españoles*, p. 86).
3. Allusion à la fameuse *noche triste* de l'histoire de la conquête du
Mexique : Hernán Cortés assiégé dans Tenochtitlan-Mexico voulut
regagner la terre ferme, dut combattre durement contre les Aztèques, et en réchappa de justesse avec un petit nombre de soldats.
Lire le récit de la fuite de Cortés et de sa petite armée dans Bernal Díaz del Castillo : *Historia verdadera de la conquista de la Nueva
España,* chap. CXXVIII. La *noche triste* fut celle du 30 juin 1520.

le plastron vert pailleté, luisant, du narrateur évoquait en effet un peu un scarabée —, qui avait vécu à une époque pas très lointaine, si l'on y songeait bien, au milieu de volcans et de temples, de lacs et de teocallis, maître d'un empire qui lui avait été arraché par une poignée d'Espagnols audacieux, à l'aide d'une Indienne, éprise du chef des envahisseurs [1]. — « Bon sujet, bon sujet pour un opéra... » — disait le prêtre, en pensant tout à coup aux artifices des décors, trappes, lévitations et *macchine,* où les montagnes qui exhalaient de la fumée, les apparitions de monstres et les tremblements de terre accompagnés de l'écroulement d'édifices, seraient du meilleur effet, puisqu'on pouvait compter ici sur la science de maîtres machinistes capables d'imiter n'importe quel prodige de la nature, et même de faire voler un éléphant vivant, comme on l'avait vu récemment dans un grand spectacle de magie. Et l'autre continuait à parler de sorcelleries de *teules* [2], de sacrifices humains et de chœurs de nuits tristes [3], lorsqu'apparut le spirituel Saxon [4], ami du prêtre, portant ses habits habituels, suivi du jeune Napolitain, disciple de Gasparini [5], qui, ôtant son loup trempé de sueur,

L'expression *triste noche* est dans Francisco López de Gómara, *Conquista de Méjico. Segunda parte de la Crónica general de las Indias, Biblioteca de Autores españoles,* p. 368). Pour l'événement vu par les Aztèques, voir Miguel-León Portilla, *Le Crépuscule des Aztèques,* Casterman, 1965, X, Retour de Cortés : *La Nuit cruelle,* p. 137 sq.

4. Georg Friedrich Haendel, né en 1685 en Saxe, à Halle-sur-Salle : « Il caro Sassone », pour les Vénitiens, qui applaudirent son *Agrippina* (voir plus bas).

5. Francisco Gasparini, maître de chœur à la Pietà (voir note plus bas). Voir Roland de Candé, *Vivaldi, op. cit,* p. 47-48. Le « jeune Napolitain » est Domenico Scarlatti, né à Naples en 1885.

mostró el semblante astuto y fino que siempre se le alegraba en risas cuando contemplaba la cara obscura de Filomeno : —« Hola, Yugurta... » Pero el sajón venía de pésimo humor, congestionado por el enojo —también, desde luego, por algunos tintazos de más— porque un mamarracho cubierto de cencerros le había meado las medias, huyendo a tiempo para esquivar una bofetada que, cayendo en la nalga de un marico, hubiese puesto la víctima a ofrecer la otra mejilla, creyendo que el halago le venía en serio. —« Cálmate —dijo el Fraile Pelirrojo— : Ya sé que la *Agrippina* tuvo, esta noche, más éxito que nunca. » —« ¡ Un triunfo ! —dijo el napolitano, vaciando una copa de aguardiente dentro de su café— : El Teatro Grimani estaba lleno. » Buen éxito, tal vez, por los aplausos y aclamaciones finales, pero el sajón no podía acostumbrarse a este público : « Es que aquí nadie toma nada en serio. » Entre canto de soprano y canto de *castrati*, era un ir y venir de los espectadores, comiendo naranjas, estornudando el rapé, tomando refrescos, descorchando botellas, cuando no se ponían a jugar a los naipes en lo más trabado de la tragedia. Eso, por no hablar de los que fornicaban en los palcos —palcos demasiado llenos de cojines mullidos—, tanto que, esa noche, durante el patético recitativo de Nerón, una pierna de mujer con la media rodada hasta el tobillo había aparecido sobre el terciopelo encarnado de una barandilla,

1. « Dès 1707 Haendel avait fait le voyage. L'*Agrippina* qu'il donna deux ans plus tard au théâtre San Giovanni Crisostomo lui valut une renommée européenne. Les Vénitiens lui avaient fait un triomphe aux cris de " Bravo ! Viva il caro Sassone ! Viva tua madre,

laissa voir un visage rusé et fin que le rire égayait toutes les fois qu'il contemplait la face foncée de Filomeno : — « Holà, Jugurtha... » Mais le Saxon était d'une humeur massacrante, congestionné par la colère — et aussi bien sûr, par les verres de gros rouge qu'il avait dans le nez — parce qu'un masque couvert de grelots avait pissé sur ses bas, mais celui-ci avait fui à temps pour esquiver une gifle qui, tombant sur la fesse d'un pédé, avait incité la victime, qui avait cru à une flatteuse invite, à offrir l'autre joue. — « Calme-toi — dit le Prêtre Roux — : Je sais qu'*Agrippina*[1] a eu, hier soir, plus de succès que jamais. » — « Un triomphe ! — dit le Napolitain, versant un verre d'eau-de-vie dans son café — : Le théâtre Grimani était bondé. » Grand succès, sans doute, si l'on en jugeait par les applaudissements et les acclamations de la fin, mais le Saxon ne pouvait s'habituer à ce public : « C'est qu'ici personne ne prend rien au sérieux. » Entre un chant de soprano et un chant de *castrati*[2], c'était un va-et-vient de spectateurs, qui mangeaient des oranges, expulsaient en éternuant le tabac à priser, prenaient des rafraîchissements, débouchaient des bouteilles, quand ils ne se mettaient pas à jouer aux cartes au beau milieu de la tragédie. Ceci sans parler de ceux qui faisaient l'amour dans les loges — loges trop garnies de coussins moelleux —, à tel point que, cette nuit-là, pendant le pathétique récitatif de Néron, une jambe de femme avec le bas roulé jusqu'à la cheville était apparue sur le velours rouge d'une rampe,

che l'la fatto cosí ! " » Norbert Jonard, *La Vie quotidienne à Venise au* XVIII*ᵉ siècle*, Hachette, 1965, p. 155. Voir Jean Gallois, *Haendel*, Solfèges/Seuil, 1980. Roland de Candé, *Vivaldi*, *op. cit.*
   2. Chanteurs châtrés.

largando un zapato que cayó en medio de la platea, para gran regocijo de los espectadores repentinamente olvidados de cuanto ocurría en la escena. Y, sin hacer caso de las carcajadas del napolitano, se dio Jorge Federico a alabar las gentes que, en su patria, escuchaban la música como quien estuviese en misa, emocionándose ante el noble diseño de un aria o apreciando, con seguro entendimiento, el magistral desarrollo de una fuga... Transcurrió un grato tiempo entre bromas, comentarios, hablar mal de éste y de aquél, contar la historia de cómo una cortesana, amiga de la pintora Rosalba (« yo me la tiré anoche » —dijo Montezuma), había desplumado, sin darle nada en cambio, a un rico magistrado francés; y entretanto, sobre la mesa, habían desfilado varios frascos panzones, envueltos en pajas coloreadas, de un tinto liviano, de los que no ponen costras moradas en los labios, pero se cuelan, bajan y se trepan, con regocijante facilidad. —« Este mismo vino es el que toma el Rey de Dinamarca, que se está corriendo la gran farra de carnaval, de supuesto incógnito, bajo el nombre de Conde de Olemborg » —dijo el Pelirrojo. —« No puede haber reyes en Dinamarca —dijo Montezuma que empezaba a estar seriamente pasado de copas— : No puede haber reyes en Dinamarca porque allí todo está podrido, los reyes mueren por unos venenos que les echan en los oídos,

1. Ces comportements sont attestés dans les ouvrages sur la Venise de cette époque. Voir par exemple Philippe Monnier : *Venise au XVIII' siècle, op. cit.*, p. 39-40.
2. Le président de Brosses parle de la Rosalba dans ses *Lettres familières écrites d'Italie*.

laissant tomber un soulier au milieu du parterre à la grande joie des spectateurs soudain oublieux de ce qui se passait sur la scène[1]. Et, sans faire cas des éclats de rire du Napolitain, Georg Friedrich se mit à faire l'éloge des gens qui, dans son pays, écoutaient la musique comme s'ils assistaient à la messe, émus par le noble dessein d'une aria, ou appréciant, d'un jugement sûr, le magistral développement d'une fugue... Le temps passa fort agréablement à plaisanter, à bavarder, à dire du mal de l'un et de l'autre, à raconter l'histoire d'une courtisane, amie de la pastel-liste Rosalba (« Je l'ai grimpée hier soir » — dit Montezuma —), qui avait plumé, sans rien lui donner en échange, un riche magistrat français[2]; et entre-temps, avaient défilé sur la table plusieurs flacons pansus, enveloppés dans des paillons de couleurs, d'un de ces rouges légers qui ne laissent pas de marques violettes sur les lèvres, mais coulent, descendent et remontent avec une réjouissante facilité. — « C'est ce même vin que boit le Roi de Danemark, qui est en train de faire une bringue à tout casser pour fêter carnaval, bien sûr incognito, sous le nom de Comte de Olemborg » — affirma le Rouquin[3]. — « Il ne peut y avoir de rois au Danemark — dit Montezuma qui commençait à être sérieusement émoustillé : Il ne peut y avoir de rois au Danemark car là-bas tout est pourri, les rois meurent à cause des poisons qu'on leur verse dans les oreilles,

3. Le roi de Danemark et de Norvège fêta Carnaval à Venise en 1708-1709, sous le nom de comte d'Olemborg. Il y assista « à un concert de musique sacrée, dirigé par Vivaldi à la Pietà », Roland de Candé, *Vivaldi, op. cit.*, p. 52.

y los príncipes se vuelven locos de tantos fantasmas como aparecen en los castillos, acabando por jugar con calaveras como los chamacos mexicanos en día de Fieles Difuntos »... Y como la conversación, ahora, iba derivando hacia divagaciones hueras, cansados del estruendo de la plaza que los obligaba a hablar a gritos, aturdidos por el paso de las máscaras blancas, verdes, negras, amarillas, el ágil fraile, el sajón de cara roja, el riente napolitano, pensaron entonces en la posibilidad de aislarse de la fiesta en algún lugar donde pudiesen hacer música. Y, poniéndose en fila, llevando de rompeolas y mascarón de proa al sólido tudesco seguido de Montezuma, empezaron a surcar la agitada multitud, deteniéndose tan sólo, de trecho en trecho, para pasarse una botella del licor de cartujos que Filomeno traía colgada del cuello por una cinta de raso —arrancada, de paso, a una pescadera enfurecida que lo había insultado con tal riqueza de apóstrofes que allí los calificativos de *coglione* e hijo de la grandísima puta venían a quedar en lo más liviano del repertorio.

1. Allusion à *Hamlet* de Shakespeare. Voir plus haut, note 1, page 49.
2. Georg Friedrich Haendel est présenté en effet comme un

et les princes deviennent fous tant sont nombreux les fantômes qui apparaissent dans les châteaux, et ils finissent par jouer avec des têtes de mort comme les gamins du Mexique le jour des Morts [1]... » Et comme la conversation dérivait maintenant vers de creuses divagations, fatigués par le vacarme de la place qui les obligeait à parler à tue-tête, étourdis par le passage des masques blancs, verts, noirs, jaunes, le prêtre leste, le Saxon rougeaud, le riant Napolitain pensèrent alors à s'isoler de la fête dans quelque lieu où ils pourraient faire de la musique. A la queue leu leu, précédés comme d'un brise-lame ou d'une figure de proue par le solide [2] Tudesque suivi de Montezuma, ils se mirent à fendre une foule houleuse, s'arrêtant seulement de temps en temps, pour se passer une bouteille de liqueur des chartreux que Filomeno portait suspendue à son cou par un ruban de satin — arraché, au passage, à une poissarde furieuse, qui l'avait insulté avec une telle richesse d'apostrophes que dans ces circonstances les qualificatifs de *coglione* et de fils de grande putain étaient finalement les plus amènes de son répertoire.

« colosse d'une corpulence et d'une charpente formidables », d'une « constitution herculéenne », Lucien Rebatet, *Une histoire de la musique, op. cit.*, p. 251 sq.

V

Desconfiada asomó la cara al rastrillo la monja tornera, mudándosele la cara de gozo al ver el semblante del Pelirrojo : —« ¡ Oh ! ¡ Divina sorpresa, maestro ! » Y chirriaron las bisagras del portillo y entraron los cinco en el Ospedale della Pietà, todo en sombras, en cuyos largos corredores resonaban, a ratos, como traídos por una brisa tornadiza, los ruidos lejanos del carnaval. —« ¡ Divina sorpresa ! » —repetía la monja, encendiendo las luces de la gran Sala de Música que, con sus mármoles, molduras y guirnaldas, con sus muchas sillas, cortinas y dorados, sus alfombras, sus pinturas de bíblico asunto, era algo como un teatro sin escenario o una iglesia de pocos altares, en ambiente a la vez conventual y mundano,

1. L'ospedale de la Pietà était l'un des quatre hôpitaux de Venise à la fois couvents et conservatoires, ou *scuole* de musique, auxquels étaient confiées principalement des orphelines ou des bâtardes. De Brosses déclare qu'il allait le plus souvent à la Pietà, « le premier pour la perfection des symphonies ». Les jeunes cloîtrées étaient exercées « uniquement à exceller dans la musique ». En fait de clôture, les pensionnaires jouissaient d'une grande liberté.

Pour replacer les pages qui suivent dans le contexte vénitien de l'époque : voir les *Lettres familières* de De Brosses, les *Confessions* de J.-J. Rousseau (ce dernier vécut à Venise comme secrétaire de

V

La sœur tourière apparut à la grille avec méfiance, son visage transfiguré par la joie quand elle aperçut la figure du Rouquin. — « Oh ! Divine surprise, maître. » Les gonds du portillon grincèrent et les cinq hommes pénétrèrent dans l'Ospedale della Pietà [1], plongé dans les ténèbres, dont les longs couloirs résonnaient, par moments, comme apportés par une brise fantasque, des bruits lointains du carnaval. — « Divine surprise ! » — répétait la sœur, allumant les lumières de la grande Salle de Musique qui, avec ses marbres, ses moulures et ses guirlandes, ses nombreuses chaises, ses rideaux et ses dorures, ses tapis, ses peintures représentant des scènes de la Bible, ressemblait à un théâtre sans plateau ou à une église aux rares autels, dans une atmosphère à la fois conventuelle et mondaine,

l'Ambassadeur de France de 1740 à 1742). Lire ou consulter : P. Molmenti : *La Vie privée à Venise,* Venise, Ferd. Ongania édit., 1895 ; Philippe Monnier, *Venise au XVIIIᵉ siècle, op. cit ;* Norbert Jonard, *La Vie quotidienne à Venise au XVIIIᵉ siècle, op. cit. ;* Roland de Candé ; *Vivaldi, op. cit. ;* M. T. Bouquet-Boyer, *Vivaldi et le concerto,* P.U.F., coll. Que sais-je ?
Vivaldi, dont le président de Brosses nous donne un assez pittoresque portrait, fut, de longues années durant, le maître de musique des jeunes filles de la Pietà.

ostentoso y secreto. Al fondo, allá donde una cúpula se ahuecaba en sombras, las velas y lámparas iban estirando los reflejos de altos tubos de órgano, escoltados por los tubos menores de las voces celestiales. Y preguntábanse Montezuma y Filomeno a qué habían venido a semejante lugar, en vez de haberse buscado la juerga adonde hubiese hembras y copas, cuando dos, cinco, diez, veinte figuras claras empezaron a salir de las sombras de la derecha y de las penumbras de la izquierda, rodeando el hábito del fraile Antonio con las graciosas blancuras de sus camisas de olán, batas de cuarto, dormilonas y gorros de encaje. Y llegaban otras, y otras más, aún soñolientas y emperezadas al entrar, pero pronto piadoras y alborozadas, girando en torno a los visitantes nocturnos, sopesando los collares de Montezuma, y mirando al negro, sobre todo, a quien pellizcaban las mejillas para ver si no eran de máscara. Y llegaban otras, y otras más, trayendo perfumes en las cabelleras, flores en los escotes, zapatillas bordadas, hasta que la nave se llenó de caras jóvenes —¡por fin, caras sin antifaces!—, reidoras, iluminadas por la sorpresa, y que se alegraron más aún cuando de las despensas empezaron a traerse jarras de sangría y aguamiel, vinos de España, licores de frambuesa y ciruela mirabel. El Maestro —pues así lo llamaban todas— hacía las presentaciones : *Pierina del violino... Cattarina del cornetto... Bettina della viola... Bianca Marìa organista... Margherita del arpa doppia... Giuseppina del chitarrone... Claudia del flautino...*

somptueuse et secrète. Au fond, là où une coupole se creusait dans l'ombre, les bougies et les lampes étiraient les reflets des hauts tuyaux de l'orgue, escortés par ceux plus petits des voix célestes. Et Montezuma et Filomeno se demandaient pourquoi ils étaient venus en un tel endroit, au lieu d'avoir cherché pour faire la bombe un lieu où il y eût des femmes et du bon vin, lorsque deux, cinq, dix, vingt silhouettes claires surgirent de l'ombre de droite et de la pénombre de gauche, entourant l'habit du prêtre Antonio des gracieuses blancheurs de leurs chemises en toile de Hollande, de leurs robes de chambre, de leurs chemises de nuit et bonnets en dentelle. Et d'autres arrivaient, d'autres encore, somnolentes et alanguies, mais bientôt piaillantes, et réjouies, tournant autour des visiteurs nocturnes, soupesant les colliers de Montezuma, et contemplant le nègre, surtout, à qui elles pinçaient les joues pour voir si elles n'étaient pas masque de carnaval. Et d'autres venaient, d'autres encore, les cheveux parfumés, des fleurs dans les décolletés, en pantoufles brodées, jusqu'à ce que la nef fût remplie de visages jeunes — enfin, des visages sans loups ! — riant, illuminés par la surprise, et qui se réjouirent davantage encore quand on commença à apporter de la dépense des carafes de sangría et d'hydromel, des vins d'Espagne, des eaux-de-vie de framboise et de mirabelle. Le Maître — ainsi l'appelaient-elles toutes — faisait les présentations : *Pierina del violino... Cattarina del cornetto... Bettina della viola... Bianca Marìa organista... Margherita dell'arpa doppia... Giuseppina del chitarrone... Claudia del flautino...*

Lucieta della tromba... Y poco a poco, como eran
setenta, y el Maestro Antonio, por lo bebido, confun-
día unas huérfanas con otras, los nombres de éstas se
fueron reduciendo al del instrumento que tocaban.
Como si las muchachas no tuviesen otra personalidad,
cobrando vida en sonido, las señalaba con el dedo :
*Clavicémbalo... Viola da braccio... Clarino... Oboe...
Basso da gamba... Flauto... Organo di legno... Regale...
Violino alla francese... Tromba marina... Trombone...* Se
colocaron los atriles, se instaló el sajón, magistralmente, ante el teclado del órgano, probó el napolitano
las voces de un clavicémbalo, subió el Maestro al
podium, agarró un violín, alzó el arco, y, con dos gestos
enérgicos, desencadenó el más tremendo *concerto grosso*
que pudieron haber escuchado los siglos —aunque los
siglos no recordaron nada, y es lástima porque aquello
era tan digno de oírse como de verse... Prendido el
frenético *allegro* de las setenta mujeres que se sabían
sus partes de memoria, de tanto haberlas ensayado,
Antonio Vivaldi arremetió en la sinfonía con fabuloso
ímpetu, en juego concertante, mientras Doménico
Scarlatti —pues era él— se largó a hacer vertiginosas
escalas en el clavicémbalo,

---

1. *Violino* : violon. *Cornetto* : cornet. *Viola* : viole. *Organista* : orga-
niste. *Arpa doppia* : harpe double (« instrument à deux rangées de
cordes permettant de jouer tous les degrés de la gamme chromati-
que », in *Dictionnaire de musique,* éd. du Seuil, par Roland de Candé).
Chitarrone : variété de théorbe. *Flautino* : flûte. *Tromba* : trompette.

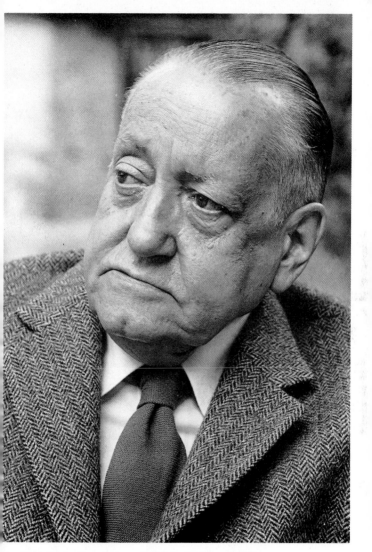

1   Alejo Carpentier photographié à Paris en avril 1975.

4

5

3

Les Européens exaltent en Montezuma leur nostalgie des mythes. Ces peintures espagnoles du XVIIIᵉ s. relatent le tragique face à face de l'empereur aztèque et du conquérant espagnol :

2 Diego Velasquez, gouverneur de Cuba, donne à H. Cortés le commandement de l'armée (1518).

3 Entrée de H. Cortés à Mexico : il est reçu avec de grandes marques d'amitié par Montezuma (1519).

4 Montezuma paye le tribut à H. Cortés.

5 H. Cortés fait prisonnier Montezuma (1520). Musée de l'Amérique, Madrid.

pag. 3 45.

6

6 *Hernan Cortés et l'Empereur Montezuma*. Gravure extraite de *L'Histoire de la Conquête du Mexique*, de Don Antonio de Solis. Madrid, 1685. Bibliothèque nationale, Paris. Chronique qui inspira à Vivaldi, son opéra *Montezuma*, représenté en 1733.

7 Musiciens aztèques jouant du teponaztli et du huehuetl. Mexico, milieu XVIe s. « Codex de Florence ». Biblioteca Medicea Laurenziana, Florence.
8 En 1809, G. L. Spontini donne un superbe *Fernand Cortés*. Costumes de quatre personnages. Dessin de Ménageot. Bibliothèque de l'Opéra, Paris.

9

Vivaldi règne à l'Hospice de la Pietà dont il est directeur musical, pendant 37 ans. C'est le triomphe du *Concertino* et de ses quelques instruments privilégiés.

9   Giuseppe Zochi : *Un concert*. Cabinet des dessins, Florence.

10

11

12

Les célèbres jeunes filles cloîtrées de la Pietà formaient un *coro* de 75 musiciennes.

10 Gabriel Bella : *Cantates*. Fondation Querini Stampallia, Venise.

Venise, le Grand Carnaval de l'Epiphanie.

11 Pietro Longhi : *Personnages masqués dans un palais vénitien*. Coll. part.

12 Gian Domenico Tiépolo : *Le Carnaval*. Fresque. Cà Rezzonico, Venise.

13

14

15

16

Venise au XVIIIᵉ s. : un féerique décor d'opéra.

13   Michele Marieschi : *Le Grand Canal à la Pêcherie* (détail). Hallsborough Gallery, Londres.

14   Joseph Heinz : *La Place Saint-Marc* (détail). Galerie Doria Pamphilj, Rome.

15   Luca Carlevarijs : *Fête à Santa Maria della Salute*. Wadsworth Atheneum, Hartford.

16   L'Eglise de la Pietà de nos jours.

18

17 Le martèlement sonore et continu du tambour (tumba) rythme le carnaval de Santiago de Cuba.

18 Cuba. Le port de La Havane, « clé du nouveau monde ». Gravure du XVIIIᵉ s. Bibliothèque nationale, Paris.

19

20

21

Un « infernal charivari » !

19   G. P. Panini : *Concert donné à Rome en 1729.*
Détail de l'orchestre. Musée du Louvre, Paris.

20   « Les Mori de la Tour de l'Horloge sonnèrent encore les heures. »

21   Fikret Monalla : *Le Trio noir*, 1930. Musée du
Petit-Palais, Genève.

22 « Tous les instruments éclataient à la fois, derrière la trompette de Louis Armstrong. »

Crédits photographiques

1. Jacques Robert/Ed. Gallimard   2 ,3 ,4 ,5, 10, 12, 19. G. Dagli Orti   6, 8, 17. Bibl. Nat. Paris   7. Guido Sansoni/Bibl. Medicea Laurenziana, Florence   9, 13, 14, 15. Scala   11, *Couverture.* Roger-Viollet   16. Giacomelli, Venise   18. Roger Pic   20. F. Le Diascorn-Rapho   21. Edimedia/D.R.   22. Denis Stock/Magnum

Lucieta della tromba[1]... Et peu à peu, comme elles étaient soixante-dix, et que le Maître Antonio, ayant trop bu, confondait les orphelines les unes avec les autres, les noms de ces dernières se réduisirent à celui de l'instrument qu'elles jouaient. Comme si les jeunes filles n'avaient d'autre personnalité, ni de vie propre que par leur place à l'orchestre, il les signalait du doigt : *Clavicémbalo... Viola da braccio... Clarino... Oboe... Basso da gamba... Flauto... Organo di legno... Regale... Violino alla francese... Tromba marina... Trombone*[2]... On disposa les lutrins, le Saxon s'installa, de façon magistrale, devant le clavier de l'orgue, le Napolitain essaya les voix d'un clavecin, le Maître monta sur le *podium*, saisit un violon, leva l'archet, et, en deux gestes énergiques, déchaîna le plus extraordinaire *concerto grosso* qu'aient jamais entendu les siècles — mais les siècles ne se souvinrent de rien, et c'est dommage car tout cela était aussi digne d'être entendu que d'être vu... Une fois amorcé l'*allegro* frénétique par les soixante-dix femmes qui connaissaient leurs parties par cœur, tant elles les avaient répétées, Antonio Vivaldi se rua dans la symphonie avec une incroyable impétuosité, en un jeu concertant, tandis que Domenico Scarlatti — car c'était lui — se lançait dans des gammes vertigineuses sur le clavecin,

---

2. *Clavicémbalo* : clavecin. *Viola da braccio* : viole de bras. *Clarino* : trompette aiguë. *Oboe* : hautbois. *Basso da Gamba* : basse de gambe. *Flauto* : flûte. *Organo di legno* (en espagnol *órgano de palo*) : orgue manuel. *Regale* : régale. *Violino alla francese* : violon à la française. (Le *violino piccolo* qualifié de « alla francese » dans l'*Orfeo* de Monteverdi, *Dictionnaire de musique* par Roland de Candé.) *Tromba marina* : trompette marine. *Trombone* : trombone.

en tanto que Jorge Federico Haendel se entregaba a deslumbrantes variaciones que atropellaban todas las normas del bajo continuo. —«¡Dale, sajón del carajo!» —gritaba Antonio. —«¡Ahora vas a ver, fraile putañero!» —respondía el otro, entregado a su prodigiosa inventiva, en tanto que Antonio, sin dejar de mirar las manos de Doménico, que se le dispersaban en arpegios y floreos, descolgaba arcadas de lo alto, como sacándolas del aire con brío gitano, mordiendo las cuerdas, retozando en octavas y dobles notas, con el infernal virtuosismo que le conocían sus discípulas. Y parecía que el movimiento hubiese llegado a su colmo, cuando Jorge Federico, soltando de pronto los grandes registros del órgano, sacó los juegos de fondo, las mutaciones, el *plenum,* con tal acometida en los tubos de clarines, trompetas y bombardas, que allí empezaron a sonar las llamadas del Juicio Final. —«¡El sajón nos está jodiendo a todos!» — gritó Antonio, exasperando el *fortissimo.* —«A mí ni se me oye» —gritó Doménico, arreciando en acordes. Pero, entre tanto, Filomeno había corrido a las cocinas, trayendo una batería de calderos de cobre, de todos tamaños, a los que empezó a golpear con cucharas, espumaderas, batidoras, rollos de amasar, tizones, palos de plumeros, con tales ocurrencias de ritmos, de síncopas, de acentos encontrados, que, por espacio de treinta y dos compases lo dejaron solo para que improvisara. —«¡Magnífico! ¡Magnífico!» —gritaba Jorge Federico. —«¡Magnífico! ¡Magnífico!» —gritaba Doménico,

et que Georg Friedrich Haendel se livrait à d'éblouis-santes variations qui bousculaient toutes les normes de la basse continue. — « Vas-y, Saxon de merde ! » — criait Antonio. — « Tu vas voir à présent, prêtre putassier ! » — répondait l'autre, livré à sa prodigieuse imagination, pendant qu'Antonio, sans cesser de regarder les mains de Domenico, qui se prodiguaient en arpèges et agréments, décrochait de haut des coups d'archet, comme s'il les tirait de l'air avec un brio enjôleur, mordant les cordes, s'étourdissant dans un jaillissement d'octaves et de doubles notes, avec l'infer-nale virtuosité que lui connaissaient ses élèves. Et il semblait que le mouvement fût arrivé à son comble, quand Georg Friedrich, lâchant soudain les grands jeux de l'orgue, attaqua les jeux de fond, les mutations, le *plenum*, faisant vibrer avec une telle fougue les tuyaux des clairons, des trompettes et des bombardes, que l'on crut entendre les premiers appels du Juge-ment Dernier. — « Le Saxon nous baise tous ! » — cria Antonio, exaspérant le *fortissimo*. — « Moi, on ne m'entend même pas » — cria Domenico, redoublant de force dans ses accords. Mais, entre-temps, Filo-meno avait couru aux cuisines, apportant une batterie de chaudrons de cuivre, de toutes les dimensions, qu'il se mit à frapper avec des cuillères, des écumoires, des batteuses, des rouleaux à pâtisserie, des tisonniers, des manches de plumeaux, dans une telle profusion de rythmes, de syncopes, d'accents déplacés, que, en l'espace de trente-deux mesures on le laissa seul pour qu'il improvisât. — « Magnifique ! Magnifique ! » criait Georg Friedrich. — « Magnifique ! Magnifi-que ! » — criait Domenico,

dando entusiasmados codazos al teclado del clavicémbalo. Compás 28. Compás 29. Compás 30. Compás 31.
Compás 32. —«¡Ahora!»—aulló Antonio Vivaldi, y
todo el mundo arrancó sobre el *Da capo*, con treme-
bundo impulso, sacando el alma a los violines, óboes,
trombones, regales, organillos de palo, violas de
gamba, y a cuanto pudiese resonar en la nave, cuyas
cristalerías vibraban, en lo alto, como estremecidas por
un escándalo del cielo.

Acorde final. Antonio soltó el arco. Doménico tiró la
tapa del teclado. Sacándose del bolsillo un pañuelo de
encaje harto liviano para tan ancha frente, el sajón se
secó el sudor. Las pupilas del Ospedale prorrumpieron
en una enorme carcajada, mientras Montezuma hacía
correr las copas de una bebida que había inventado, en
gran trasiego de jarras y botellas, mezclando de todo un
poco... En tal tónica se estaba, cuando Filomeno
reparó en la presencia de un cuadro que vino a iluminar
repentinamente un candelabro cambiado de lugar.
Había ahí una Eva, tentada por la Serpiente. Pero lo
que dominaba en aquella pintura no era la Eva
flacuchenta y amarilla —demasiado envuelta en una
cabellera inútilmente cuidadosa de un pudor que no
existía en tiempos todavía ignorantes de malicias
carnales—, sino la Serpiente, corpulenta, listada de
verde, de tres vueltas sobre el tronco del Árbol, y que,
con enormes ojos colmados de maldad, más parecía
ofrecer la manzana a quienes miraban el cuadro que a
su víctima, todavía indecisa —y se comprende cuando
se piensa en lo que nos costó su aquiescencia—

donnant des coups de coude enthousiasmés sur le clavier du clavecin. Mesure 28. Mesure 29. Mesure 30. Mesure 31. Mesure 32. — « Maintenant! » — hurla Antonio Vivaldi, et tout le monde se rua sur le *Da capo*, dans un élan terrible, faisant rendre l'âme aux violons, hautbois, trombones, régales, orgues manuels, violes de gambe, et tout ce qui pouvait résonner dans la nef, dont les lustres vibraient, tout en haut, comme ébranlés par un tintamarre céleste.

Accord final. Antonio lâcha l'archet. Domenico abattit le couvercle du clavier. Tirant de sa poche un mouchoir de dentelle trop léger pour son vaste front, le Saxon épongea sa sueur. Les pupilles de l'Ospedale éclatèrent d'un rire énorme, tandis que Montezuma faisait circuler des verres pleins d'une boisson qu'il avait inventée, transvasant les contenus de force cruches et bouteilles, mélangeant un peu de tout... Telle était l'ambiance, lorsque Filomeno remarqua la présence d'un tableau soudainement éclairé par un candélabre qu'on avait déplacé. Il y avait là une Eve, tentée par le Serpent. Mais ce qui dominait dans cette peinture ce n'était pas l'Eve maigrelette et jaune — trop enveloppée dans sa chevelure, inutile rempart d'une pudeur qui n'existait pas en ces temps où l'on ignorait encore les malices de la chair —, mais le Serpent, corpulent, rayé de vert, trois fois enroulé autour du tronc de l'Arbre, et qui, avec des yeux énormes remplis de méchanceté, semblait offrir la pomme à ceux qui regardaient le tableau plutôt qu'à sa victime hésitant encore — ce qui se comprend quand on songe à ce que nous coûta son consentement —

en aceptar la fruta que habría de hacerla parir con el dolor de su vientre. Filomeno se fue acercando lentamente a la imagen, como si temiese que la Serpiente pudiese saltar fuera del marco y, golpeando en una bandeja de bronco sonido, mirando a los presentes como si oficiara en una extraña ceremonia ritual, comenzó a cantar :

> —*Mamita, mamita,*
> *ven, ven, ven.*
> *Que me come la culebra,*
> *ven, ven, ven.*
>
> —*Mírale lo sojo*
> *que parecen candela.*
> —*Mírale lo diente*
> *que parecen filé.*
>
> —*Mentira, mi negra,*
> *ven, ven, ven.*
> *Son juego é mi tierra,*
> *ven, ven, ven.*

Y haciendo ademán de matar la sierpe del cuadro con un enorme cuchillo de trinchar, gritó :

> —*La culebra se murió,*
> *Ca-la-ba-són,*
> *Son-són.*

1. *Tuer le serpent* constitua une scène typique de la fête des Rois mages à Cuba. Voir sur cette pantomime, sa signification, ses antécédents africains : Fernando Ortiz, *La antigua fiesta afrocubana del Día de Reyes,* La Habana, 1960. L'auteur a adopté dans son *Concierto barroco* comme refrain (quatrième vers des strophes 1 et 3) : *ven, ven, ven,* au lieu de *yen, yen, yen* qui figure dans son ouvrage *La Musique à Cuba,* Gallimard, 1985. C'est *yen, yen, yen* qui est traditionnel dans le

à accepter le fruit qui devait la faire enfanter dans la douleur de ses entrailles. Filomeno s'approcha lentement de l'image, comme s'il avait craint que le Serpent pût sauter hors du cadre et, frappant sur un plateau qui exhalait un son rauque, regardant les présents comme s'il officiait dans une étrange cérémonie rituelle, se mit à chanter :

> — *P'tite maman, p'tite maman,*
> *viens, viens, viens.*
> *Me dévore le serpent,*
> *viens, viens, viens.*

> — *Regarde ses yeux*
> *on dirait des braises*
> — *Regarde ses dents*
> *on dirait des épingles.*

> — *Ce n'est pas vrai, ma négresse,*
> *viens, viens, viens.*
> *C'est un jeu de mon pays,*
> *viens, viens, viens.*

Et faisant le geste de tuer le serpent [1] du tableau avec un énorme tranchoir, il cria :

> — *Le serpent est mort,*
> *Ca-la-ba-són,*
> *Son-són*

chant pour tuer le serpent (voir par ex. le *Canto para matar culebras* du poète cubain Ramón Guirao) et que Carpentier avait d'ailleurs reproduit dans l'exemplaire dactylographié de son *Concierto* qu'il nous avait remis en 1974 pour traduction. Mais en définitive il a préféré adopter *ven, ven, ven*, qu'il trouvait, nous a-t-il dit, « plus logique ».

Ca-la-ba-són,
Son-són.

—*Kábala-sum-sum-sum* —coreó Antonio Vivaldi, dando al estribillo, por hábito eclesiástico, una inesperada inflexión de latín salmodiado. *Kábala-sum-sum-sum* —coreó Doménico Scarlatti. *Kábala-sum-sum-sum* —coreó Jorge Federico Haendel. *Kábala-sum-sum-sum* —repetían las setenta voces femeninas del Ospedale, entre risas y palmadas. Y, siguiendo al negro que ahora golpeaba la bandeja con una mano de mortero, formaron todos una fila, agarrados por la cintura, moviendo las caderas, en la más descoyuntada farándula que pudiera imaginarse —farándula que ahora guiaba Montezuma, haciendo girar un enorme farol en el palo de un escobillón a compás del sonsonete cien veces repetido. *Kábala-sum-sum-sum.* Así, en fila danzante y culebreante, uno detrás del otro, dieron varias vueltas a la sala, pasaron a la capilla, dieron tres vueltas al deambulatorio, y siguieron luego por los corredores y pasillos, subiendo escaleras, bajando escaleras, recorrieron las galerías, hasta que se les unieron las monjas custodias, la hermana tornera, las fámulas de cocina, las fregonas, sacadas de sus camas, pronto seguidas por el mayordomo de fábrica, el hortelano, el jardinero, el campanero, el barquero, y hasta la boba del desván que dejaba de ser boba cuando de cantar se trataba —en aquella casa consagrada a la música y artes de tañer, donde, dos días antes, se había dado un gran concierto sacro en honor del Rey de Dinamarca... *Ca-la-ba-són-són-són* —cantaba Filomeno,

— *Kábala-sum-sum-sum* — fit chorus Antonio Vivaldi donnant au refrain, par habitude ecclésiastique, une inflexion inattendue de latin psalmodié. *Kábala-sum-sum-sum* fit chorus Domenico Scarlatti. *Kábala sum-sum-sum,* fit chorus Friedrich Haendel. *Kábala-sum-sum-sum* — répétèrent les soixante-dix voix féminines de l'Ospedale, parmi les rires et les applaudissements. Et, suivant le nègre qui frappait maintenant le plateau avec un pilon de mortier, ils se mirent tous en file, se tenant par la taille, tortillant des hanches, formant la farandole la plus désarticulée que l'on pût imaginer — farandole guidée à présent par Montezuma qui faisait tourner une énorme lanterne sur le manche d'un écouvillon au rythme de la rengaine cent fois répétée. *Kábala-sum-sum-sum.* De la sorte, en une file dansante et serpentante, l'un derrière l'autre, ils firent plusieurs fois le tour de la salle, passèrent à la chapelle, firent trois fois le tour du déambulatoire, puis s'engagèrent dans les corridors, montant et descendant des escaliers, parcoururent les galeries jusqu'au moment où les rejoignirent les sœurs custodes, la sœur tourière, les servantes de la cuisine, les laveuses de vaisselle, tirées de leurs lits, bientôt suivies par le président du conseil de fabrique, le maraîcher, le jardinier, le sonneur de cloches, le batelier, et même l'idiote qui vivait sous les combles, qui n'était plus idiote quand il s'agissait de chanter — dans cette maison consacrée à la musique et aux arts musicaux, où, deux jours plus tôt, avait été donné un grand concert sacré en l'honneur du Roi de Danemark... *Ca-la-ba-són-són-són* — chantait Filomeno,

105

ritmando cada vez más. *Kábala-sum-sum-sum* —respondían el veneciano, el sajón y el napolitano. *Kábala-sum-sum-sum* —repetían los demás, hasta que, rendidos de tanto girar, subir, bajar, entrar, salir, volvieron al ruedo de la orquesta y se dejaron caer, todos, riendo, sobre la alfombra encarnada, en torno a las copas y botellas. Y, después de una muy abanicada pausa, se pasó al baile de estilo y figuras, sobre las piezas de moda que Doménico empezó a sacar del clavicémbalo, adornando los aires conocidos con mordentes y trinos del mejor efecto. A falta de caballeros, pues Antonio no bailaba y los demás descansaban en la hondura de sus butacas, se formaron parejas de óboe con tromba, clarino con regale, cornetto con viola, flautino con chitarrone, mientras los violini piccoli alla francese se concertaban en cuadrilla con los trombones. —« Todos los instrumentos revueltos —dijo Jorge Federico— : Esto es algo así como una sinfonía fantástica. » Pero Filomeno, ahora, junto al teclado, con una copa puesta sobre la caja de resonancia, ritmaba las danzas rascando un rayo de cocina con una llave. —« ¡ Diablo de negro ! —exclamaba el napolitano— : Cuando quiero llevar un compás, él me impone el suyo. Acabaré tocando música de caníbales. » Y, dejando de teclear, Doménico se echó una última copa al gaznate, y, agarrando por la cintura a Margherita del Arpa Doble, se perdió con ella en el laberinto de celdas del Ospedale

---

1. *Kábala-sum-sum-sum, calabasón, són, són* : ce sont des *jitanjáforas,* rythmes à base de phonèmes, ou éléments sonores du langage, utilisés, sans aucun sens particulier, en raison de leur valeur

sur un rythme de plus en plus fort. *Kábala-sum-sum-sum* [1] — répétaient le Vénitien, le Saxon et le Napolitain. *Kábala-sum-sum-sum* — répétaient les autres, jusqu'à ce que, fourbus de tant tourner, monter, descendre, entrer, sortir, ils regagnèrent l'estrade de l'orchestre et se laissèrent tous tomber, en riant, sur le tapis rouge, autour des verres et des bouteilles. Et, après une pause pendant laquelle chacun s'éventa longuement, on passa aux danses de style et à figures sur les pièces à la mode que Domenico se mit à jouer au clavecin, agrémentant les airs connus de mordants et de trilles du plus bel effet. A défaut de cavaliers, car Antonio ne dansait pas et les autres se reposaient dans la profondeur de leurs fauteuils, se formèrent des couples de hautbois et trompette, *clarino* et régale, cornet et viole, flûte et *chitarrone*, tandis que les *violini piccoli alla francese* se concertaient de compagnie avec les trombones. — « Tous les instruments pêle-mêle — dit Georg Friedrich — : une symphonie fantastique en quelque sorte. » Mais Filomeno, à présent, à côté du clavier, un verre posé sur la caisse de résonance, rythmait les danses en raclant une râpe de cuisine avec une clé. — « Diable de nègre ! — s'écriait le Napolitain — : Quand je veux battre une mesure, lui m'impose la sienne. Je finirai par jouer une musique de cannibales. » Et, cessant de frapper sur le clavier, Domenico se rinça la dalle une dernière fois, et, saisissant par la taille Margherita de la Harpe Double, se perdit avec

---

acoustique. Nicolás Guillén a publié *Sóngoro Cosongo* (1931), titre qui est un exemple de *jitanjáforas*. Les *yen, yen, yen,* de la chanson pour tuer le serpent sont aussi des *jitanjáforas*.

della Pietà... Pero el alba empezó a pintarse en los ventanales. Las blancas figuras se aquietaron, guardando sus instrumentos en estuches y armarios con desganados gestos, como apesadumbradas de regresar, ahora, a sus oficios cotidianos. Moría la alegre noche con la despedida del campanero que, repentinamente librado de los vinos bebidos, se disponía a tocar maitines. Las blancas figuras iban desapareciendo, como ánimas de teatro, por puerta derecha y puerta izquierda. La hermana tornera apareció con dos cestas repletas de ensaimadas, quesos, panes de rosca y medialuna, confituras de membrillo, castañas abrillantadas y mazapanes con forma de cochinillos rosados, sobre los que asomaban los golletes varias botellas de vino romañola : « Para que desayunen por el camino. » —« Los llevaré en mi barca » —dijo el Barquero. —« Tengo sueño » —dijo Montezuma. —« Tengo hambre —dijo el sajón— : Pero quisiera comer en donde hubiese calma, árboles, aves que no fuesen las tragonas palomas de la Plaza, más pechugonas que las modelos de la Rosalba y que, si nos descuidamos, acaban con las vituallas de nuestro desayuno. » —« Tengo sueño » —repetía el disfrazado. —« Déjese arrullar por el compás de los remos » —dijo el Preste Antonio... —« ¿ Qué te escondes ahí, en el entallado del gabán ? » —preguntó el sajón a Filomeno. —« Nada : un pequeño recuerdo de la Cattarina del Cornetto » —responde el negro, palpando el objeto que no acaba de definirse en una forma, con la unción de quien tocara una mano de santo puesta en relicario.

elle dans le labyrinthe de cellules de l'Ospedale della Pietà... Mais l'aube commença à poindre aux vitraux. Les blanches silhouettes cessèrent de s'agiter, remirent leurs instruments dans des étuis et des armoires avec des gestes de déplaisir, comme navrées de retourner, maintenant, à leurs activités quotidiennes. La nuit joyeuse mourait avec l'adieu du sonneur de cloches qui, soudain dégrisé, se préparait à sonner les matines. Les blanches silhouettes disparaissaient peu à peu, comme des fantômes de tragédie, par la porte de droite et la porte de gauche. La sœur tourière apparut avec deux paniers remplis jusqu'au bord de croustades, de fromages, de pains en couronne et de croissants, de confitures de coing, de marrons glacés et de masse-pains en forme de petits cochons roses, par-dessus lesquels pointaient leurs goulots plusieurs bouteilles de vin de la Romagne : « Pour que vous preniez votre petit déjeuner en route. » — « Je vous emmènerai dans ma barque » — dit le batelier. — « J'ai sommeil » — dit Montezuma. — « J'ai faim — dit le Saxon — : Mais je voudrais manger dans un endroit calme avec des arbres et des oiseaux autres que les colombes goulues de la Place, plus dodues que les modèles de la Rosalba et qui, si nous n'y prenons garde, mangeront toutes les victuailles de notre petit déjeuner. » — « J'ai sommeil » — répétait l'homme déguisé. — « Laissez-vous bercer par le rythme des rames » — dit le Prêtre Antonio... — « Que caches-tu là, dans les crevés de ton manteau ? » — demanda le Saxon à Filomeno. — « Rien : un petit souvenir de la Cattarina del Cornetto » — répond le nègre, en palpant un objet à la forme indéfinissable avec l'onction de quelqu'un qui eût touché une main de saint placée dans un reliquaire.

VI

De la ciudad, aún sumida en sombras bajo las nubes grisáceas del lento amanecer, les venían distantes algarabías de cornetas y matracas, traídas o llevadas por la brisa. Seguía el holgorio entre tabernas y tinglados cuyas luces empezaban a apagarse, sin que las máscaras trasnochadas pensaran en refrescar sus disfraces que, en la creciente claridad, iban perdiendo la gracia y el brillo. La barca, tras de largo y quieto bogar, se acercó a los cipreses de un cementerio. —« Aquí podrían desayunar tranquilos » —dijo el Barquero, parando en una orilla. Y a tierra fueron pasando capachos, cestas y botellas. Las lápidas eran como las mesas sin mantel de un vasto café desierto. Y el vino romañola, sumándose a los que ya venían bebidos, volvió a poner una festiva animación en las voces. El mexicano, sacado de su sopor, fue invitado a narrar nuevamente la historia de Montezuma que Antonio, la víspera, había mal oído, ensordecido como lo estaba por el griterío de las máscaras. —« ¡ Magnífico para una ópera ! » —exclamaba el pelirrojo,

VI

De la ville, plongée encore dans les ténèbres sous les nuages grisâtres de l'aube tardive, leur parvenait un brouhaha lointain de trompettes et de crécelles, porté ou emporté par la brise. La fête se poursuivait dans les tavernes et les baraques foraines dont les lumières commençaient à s'éteindre, sans que les noctambules masqués eussent pensé à rafraîchir leurs travestis qui, dans la clarté grandissante, perdaient peu à peu leur grâce et leur éclat. Après une longue et calme navigation, la barque s'approcha des cyprès d'un cimetière.
— « Vous pourriez prendre ici votre petit déjeuner tranquillement » — dit le Batelier, accostant à une rive. Ils passèrent à terre couffins, paniers et bouteilles. Les dalles mortuaires étaient comme les tables sans nappes d'un vaste café désert. Et le vin de la Romagne, s'ajoutant à ceux qu'ils avaient déjà bus, redonna aux voix une animation joyeuse. Le Mexicain, tiré de sa torpeur, fut invité à raconter une nouvelle fois l'histoire de Montezuma qu'Antonio avait mal entendue la veille, car il était assourdi par la clameur des masques.
— « Magnifique pour un opéra ! » — s'écriait le rouquin,

cada vez más atento al narrador que, llevado por el impulso verbal, dramatizaba el tono, gesticulaba, mudaba de voz en diálogos improvisados, acabando por posesionarse de los personajes. —« ¡Magnífico para una ópera! No falta nada. Hay trabajo para los maquinistas. Papel de lucimiento para la soprano —la india esa, enamorada de un cristiano— que podríamos confiar a una de esas hermosas cantantes que... » —« Ya sabemos que ésas no te faltan... » —dijo Jorge Federico. —« Y hay —proseguía Antonio— ese personaje de emperador vencido, de soberano desdichado, que llora su miseria con desgarradores acentos... Pienso en *Los Persas,* pienso en Jerjes :

¡ Soy yo, pues oh dolor !
¡ Oh, mísero ! nacido
para arruinar mi raza
y la patria mía...

—« A Jerjes me lo dejas a mí —dijo Jorge Federico, malhumorado—, que para eso me basto yo. » —« Tienes razón —dijo el pelirrojo, señalando a Montezuma— : Éste resulta un personaje más nuevo. Veré cómo lo hago cantar un día de éstos en el escenario de un teatro. » —« ¡Un fraile metido en tablados de ópera! —exclamó el sajón— : Lo único que faltaba para acabar de putear esta ciudad. »

1. Dans *Les Perses,* d'Eschyle, le roi des Perses gémit sur son sort et celui de son pays : « C'est moi, hélas ! moi, déplorable, infortuné, qui suis donc devenu le fléau de ma race et du pays de mes pères ! »

de plus en plus attentif au récit du narrateur qui, entraîné par son verbe, prenait un ton dramatique, gesticulant, changeant de voix en des dialogues improvisés, finissant par s'identifier aux personnages. — « Magnifique pour un opéra ! Rien n'y manque. Il y a du travail pour les machinistes. Un rôle brillant pour la soprano — cette Indienne, amoureuse d'un chrétien — que nous pourrions confier à une de ces jolies chanteuses qui... » — « Nous savons bien qu'elles ne te manquent pas... » — dit Georg Friedrich. — « Et il y a — poursuivait Antonio, ce personnage d'empereur vaincu, de souverain malheureux, qui pleure sa détresse avec des accents déchirants... Je pense aux *Perses,* je pense à Xerxès :

> C'est donc moi hélas ! Oh douleur !
> Oh ! misérable ! qui suis né
> pour perdre ma race
> avec ma patrie... [1]

— « Xerxès laisse-le-moi — dit Georg Friedrich [2] de mauvaise humeur —, un tel héros j'en fais mon affaire ». — « Tu as raison — dit le Rouquin, montrant Montezuma — : Voilà un personnage plus original. Je verrai comment le faire chanter un de ces jours sur la scène d'un théâtre. » — « Un prêtre qui se mêle de monter un opéra ! — s'écria le Saxon — : Il ne manquait plus que ça pour achever de prostituer cette ville. »

(*Théâtre complet* d'Eschyle, traduction, notices et notes par Emile Chambry, Garnier-Flammarion, pour la citation p. 65.)
    2.Georg Friedrich Haendel est l'auteur de l'opéra *Serse* (Xerxès). Voir Jean Gallois : *Haendel,* éd. du Seuil, coll. Solfèges, p. 121.

—« Pero, si lo hago, trataré de no acostarme con Almiras ni Agripinas, como hacen *otros* » —dijo Antonio, estirando la aguda nariz. —« Gracias, en lo que me respecta... » —« ...Y es que me voy cansando de los asuntos manidos. ¡Cuántos Orfeos, cuántos Apolos, cuántas Ifigenias, Didos y Galateas ! Habría que buscar asuntos nuevos, distintos ambientes, otros países, no sé... Traer Polonia, Escocia, Armenia, la Tartaria, a los escenarios. Otros personajes : Ginevra, Cunegunda, Griselda, Tamerlán o Scanderbergh el albanés, que tantos pesares dio a los malditos otomanos. Soplan aires nuevos. Pronto se hastiará el público de los pastores enamorados, ninfas fieles, cabreros sentenciosos, divinidades alcahuetas, coronas de laurel, peplos apolillados y púrpuras que ya sirvieron en la temporada pasada. » —« ¿ Por qué no inventa una ópera sobre mi abuelo Salvador Golomón ? —insinúa Filomeno— : Ése sí que resultaría un asunto nuevo. Con decorado de marinas y palmeras. » El sajón y el veneciano echaron a reír en tan regocijado concierto que Montezuma tomó la defensa de su fámulo : —« No lo veo tan extravagante : Salvador Golomón luchó contra unos hugonotes, enemigos de su fe, igual que Scanderbergh luchó por la suya. Si bárbaro les parece a ustedes un criollo nuestro, igual de bárbaro es un eslavón de allá enfrente »

— « Si je le fais, je ferai en sorte de ne pas coucher avec des Almires ni des Agrippines, comme d'*autres* le font » — dit Antonio, étirant son nez pointu. — « Merci, pour ce qui me concerne... » — « C'est que je suis de plus en plus fatigué des sujets faisandés. Que d'Orphées, que d'Apollons, que d'Iphigénies, de Didons et de Galatées ! Il faudrait chercher des sujets nouveaux, des milieux différents, d'autres pays, je ne sais... Porter sur scène la Pologne, l'Ecosse, l'Arménie, la Tartarie. D'autres personnages : Guenièvre, Cuné-gonde, Grisélidis, Tamerlan ou Scanderbergh, l'Alba-nais[1] qui donna tant de fil à retordre aux maudits Ottomans. Il souffle un vent nouveau. Le public en aura bientôt par-dessus la tête des bergers amoureux, des nymphes fidèles, des chevriers sentencieux, des divinités maquerelles, des couronnes de laurier, des péplums mités et des manteaux de pourpre déjà utilisés la dernière saison. » — « Pourquoi n'imaginez-vous pas un opéra sur mon aïeul Salvador Golomón ? — insinue Filomeno — : voilà certes un sujet qui serait nouveau. Avec décor de plages et de palmiers ». Le Saxon et le Vénitien éclatèrent de rire avec un ensemble si cocasse que Montezuma prit la défense de son domestique : — « Je ne vois pas que cette idée soit si extravagante : Salvador Golomón s'est battu contre des huguenots, ennemis de sa foi, comme Scander-bergh a lutté pour la sienne. Si un créole de nos pays vous semble barbare, on peut en dire autant d'un Slavon d'en face. »

---

1. *Ginevra, principessa di Scozia, Cunegonda, Scanderberg* figurent dans la liste des opéras de Vivaldi (Roland de Candé, *Vivaldi, op. cit.,* p. 182).

(esto, señalando hacia donde debía hallarse el Adriático, según la brújula de su entendimiento, bastante desnortada por los morapios tragados durante la noche). —« Pero... ¿ quién ha visto que el protagonista de una ópera sea un negro ? —dijo el sajón— : Los negros están buenos para máscaras y entremeses. » —« Además, una ópera sin amor no es ópera —dijo Antonio— : Y amor de negro con negra, sería cosa de risa ; y amor de negro con blanca, no puede ser —al menos, en el teatro. » —« Un momento... Un momento — dijo Filomeno, cada vez más subido de diapasón por el vino romañola— : Me contaron que en Inglaterra tiene gran éxito el drama de un moro, general de notables méritos, enamorado de la hija de un senador veneciano... ¡Hasta le dice un rival en amores, envidioso de su fortuna, que parecía un chivo negro montado en oveja blanca —lo cual suele dar primorosos cabritos pintos, sea esto dicho de paso ! » —« No me hablen de teatro inglés —dijo Antonio— : El Embajador de Inglaterra... » —« ...Muy amigo mío » —apuntó el sajón. —« ...el Embajador de Inglaterra me ha narrado unas piezas que se dan en Londres y son cosas de horror. Ni en barracas de charlatanes, ni en cámaras ópticas, ni en aleluyas de ciegos, se vieron nunca cosas semejantes »...

(Ce disant, il montrait l'endroit où devait se trouver l'Adriatique, d'après la boussole de son entendement, passablement détraquée par les verres de rouge qu'il avait sifflés pendant la nuit.) — « Mais... qui a vu un nègre protagoniste d'un opéra ? — dit le Saxon — : Les nègres sont bons pour les mascarades et les inter-mèdes[1] ! » — « De plus, un opéra sans amour n'est pas un opéra — dit Antonio — : Et l'amour d'un nègre et d'une négresse ferait rire ; et celui d'un nègre et d'une blanche est impossible — du moins au théâtre ! » — « Minute — dit Filomeno dont le vin de la Romagne faisait de plus en plus hausser le ton — : On m'a raconté qu'en Angleterre le drame d'un more, général d'une grande bravoure, amoureux de la fille d'un sénateur vénitien, obtient un grand succès... Un rival en amours, envieux de sa bonne fortune, lui dit qu'il ressemble à un bouc noir monté sur une blanche brebis[2] — ce qui soit dit en passant donne de mignons chevreaux tachetés ! » — « Ne me parlez pas de théâtre anglais — dit Antonio : L'Ambassadeur d'Angleterre... » — « ... Mon très grand ami » — fit remarquer le Saxon. — « ... L'ambassadeur d'Angle-terre m'a raconté des pièces que l'on joue à Londres et qui saisissent d'horreur. On n'a jamais vu rien de pareil dans les baraques des charlatans, ni à la lanterne magique, ni sur les images que vendent les aveugles »...

1. Voir la note 2, page 66.
2. Voir *Othello* de Shakespeare. Iago à Brabantio : « Juste en ce moment, en ce moment même, un vieux bélier noir est monté sur votre blanche brebis » (traduction de François Victor Hugo, *in* éd. d'*Othello*, Garnier-Flammarion).

Y fue, en el alba que iba blanqueando el cementerio, un escalofriante recuento de degollinas, fantasmas de niños asesinados; uno a quien un duque de Cornuailles saca los dos ojos a la vista del público, taconeándolos luego, en el piso, a la manera de los fandangueros españoles; la hija de un general romano a quien arrancan la lengua y cortan las dos manos después de violarla, acabando todo con un banquete donde el padre ofendido, manco a seguidas de un hachazo dado por el amante de su mujer, disfrazado de cocinero, hace comer a una Reina de Godos un pastel relleno con la carne de sus dos hijos —sangrados poco antes, como cochinos en vísperas de boda aldeana... —« ¡Qué asco! » —exclamó el sajón. —« Y lo peor es que en el pastel se había usado la carne de las caras —narices, orejas y garganta— como recomiendan los tratados de artes cisorias que se haga con las piezas de fina venatería... » —« ¿Y eso comió una Reina de Godos? » —preguntó Filomento, intencionado. —« Como me estoy comiendo esta ensaimada » —dijo Antonio, mordiendo la que acababa de sacar —una más— de la cesta de las monjitas. —« ¡Y hay quien dice que ésas son costumbres de negros! » —pensaba el negro, mientras el veneciano, remascando una tajada de morro de jabalí escabechado en vinagre, orégano y pimentón, dio algunos pasos, deteniéndose, de pronto, ante una tumba cercana que desde hacía rato miraba porque, en ella, se ostentaba un nombre de sonoridad inusitada en estas tierras. —« IGOR STRAVINSKY » —dijo, deletreando. —

Ce fut alors, dans l'aube qui peu à peu blanchissait le cimetière, un récit à donner le frisson de massacres, de fantômes d'enfants assassinés ; un seigneur a les yeux arrachés à la vue du public par un Duc de Cornouailles qui ensuite les frappe contre le sol de ses talons à la façon des danseurs de fandango espagnols ; il y a la fille d'un général romain dont on arrache la langue et coupe les mains après l'avoir violée, le tout couronné par un banquet où le père offensé, manchot à la suite d'un coup de hache donné par l'amant de sa femme, déguisé en cuisinier, fait manger à la Reine des Goths un pâté farci avec la chair de ses deux enfants — saignés peu auparavant, comme des porcs à la veille d'une noce villageoise... — « Quelle horreur ! » — s'écria le Saxon. — « Et le plus répugnant c'est d'avoir utilisé la chair de la face — nez, oreilles et gorge — comme le recommandent les traités d'art de découper les viandes pour les fins morceaux de gibier... » — « Et une Reine des Goths a mangé ça ? » — demanda Filomeno, avec une arrière-pensée. — « Comme je mange moi-même cette croustade » — dit Antonio, mordant dans celle qu'il venait de prendre — une de plus — dans le panier des nonnettes. — « Et on dira après ça que ce sont des mœurs de nègres ! » pensait le noir pendant que le Vénitien, savourant une tranche de hure de sanglier marinée dans le vinaigre, l'origan et le poivron, faisait quelques pas et s'arrêtait soudain devant une tombe voisine qu'il regardait depuis un moment parce qu'on y lisait un nom d'une sonorité inhabituelle en ces contrées. — « IGOR STRAVINSKY » — dit-il en détachant les syllabes. —

« Es cierto —dijo el sajón, deletreando a vu vez— : Quiso descansar en este cementerio. » —« Buen músico —dijo Antonio—, pero muy anticuado, a veces, en sus propósitos. Se inspiraba en los temas de siempre : Apolo, Orfeo, Perséfona —¿ hasta cuándo ? » —« Conozco su *Œdipus Rex* —dijo el sajón— : Algunos opinan que en el final de su primer acto —¡ *Gloria, gloria, gloria, Œdipodis uxor !*— suena a música mía. » —« Pero... ¿ cómo pudo tener la rara idea de escribir una cantata profana sobre un texto en latín ? » —dijo Antonio. —« También tocaron su *Canticum Sacrum* en San Marcos —dijo Jorge Federico— : Ahí se oyen melismas de un estilo medieval que hemos dejado atrás hace muchísimo tiempo. » —« Es que esos maestros que llaman avanzados se preocupan tremendamente por saber lo que hicieron los músicos del pasado —y hasta tratan, a veces, de remozar sus estilos. En eso, nosotros somos más modernos. A mí se me importa un carajo saber cómo eran las óperas, los conciertos, de hace cien años. Yo hago lo mío, según mi real saber y entender, y basta. » —« Yo pienso como tú —dijo el sajón— ...aunque tampoco habría que olvidar que... » —« No hablen más mierdas »— dijo Filomeno, dando una primera empinada a la nueva botella de vino que acababa de descorchar. Y los cuatro volvieron a meter las manos en las cestas traídas del Ospedale della Pietà, cestas que, a semejanza de las cornucopias mitológicas, nunca acababan de vaciarse.

1. Sur l'*Œdipus Rex* de Igor Stravinski, né près de Saint-Pétersbourg, en 1882, mort à New York en 1971, voir Gustave Kobbé, *Tout l'opéra*, Laffont, coll. Bouquins, p. 709-801. Son opéra-

« C'est bien lui — dit le Saxon, épelant à son tour — :
il a voulu reposer dans ce cimetière. » — « Bon
musicien — dit Antonio, mais très archaïque, parfois,
dans ses sujets. Il s'inspirait des thèmes traditionnels :
Apollon, Orphée, Perséphone — jusqu'à quand cela
durera-t-il ? » — « Je connais son *Œdipus Rex* — dit le
Saxon — : certains pensent que le finale de son
premier acte — *Gloria, gloria, gloria, Œdipodis uxor !* —
fait penser à ma musique » — « Mais... Comment a-
t-il pu avoir l'idée saugrenue d'écrire une cantate
profane sur un texte en latin ? » — dit Antonio. —
« On a joué aussi son *Canticum Sacrum* à Saint-Marc —
dit Georg Friedrich — : On y entend des mélismes
d'un style moyenâgeux — que nous avons laissé
derrière nous depuis fort longtemps [1]. » — « C'est que
ces maîtres que l'on appelle d'avant-garde se soucient
terriblement de savoir ce qu'ont fait les musiciens du
passé — et ils essayent même, quelquefois, de rajeunir
leurs styles. En cela, nous sommes, nous, plus
modernes. Je me fous et contrefous de savoir comment
étaient les opéras, les concertos d'il y a cent ans. Moi je
compose à ma façon, selon ce qu'il me chante de savoir
et de comprendre, et ça suffit. » — « Je suis de ton avis
— dit le Saxon — ... mais il ne faudrait pas oublier non
plus que... » — « Assez déconné comme ça » — dit
Filomeno, lampant une première gorgée de vin de la
nouvelle bouteille qu'il venait de déboucher. Et tous
les quatre se remirent à explorer les paniers apportés
de l'Ospedale della Pietà, paniers inépuisables à
l'instar des cornes d'abondance de la mythologie.

oratorio *The Rake's Progress* fut représenté pour la première fois à
Venise le 11 septembre 1951, au théâtre de la Fenice. Son *Canticum
sacrum ad honorem Sancti Marci* fut joué à Saint-Marc.

Pero, a la hora de las confituras de membrillo y de los bizcochos de monjas, se apartaron las últimas nubes de la mañana y el sol pegó de lleno sobre las lápidas, poniendo blancos resplandores bajo el verde profundo de los cipreses. Volvió a verse, como acrecido por la mucha luz, el nombre ruso que tan cerca les quedaba. Y, en tanto que el vino adormilaba nuevamente a Montezuma, el sajón, más acostumbrado a medirse con la cerveza que con el tinto peleón, se volvía discutidor y engorroso : —« Stravinsky dijo —recordó de repente, pérfido— que habías escrito seiscientas veces el mismo *concerto*. » —« Acaso —dijo Antonio—, pero nunca compuse una polca de circo para los elefantes de Barnum. » —« Ya saldrán elefantes en tu ópera sobre Montezuma »— dijo Jorge Federico. —« En México no hay elefantes » —dijo el disfrazado, sacado de su modorra por la enormidad del dislate. —« Sin embargo aparecen animales de esos, junto con panteras, pelícanos y papagayos, en las tapicerías del Quirinal donde se nos muestran los portentos de las Indias » —dijo Jorge Federico, con la insistencia propia de quienes persiguen una idea fija en los humos del vino. —« Buena música tuvimos anoche » —dijo Montezuma, por desviar a los demás de una tonta porfía. —« ¡ Bah ! ¡ Una mermelada ! » —dijo Jorge Federico. —« Yo diría más bien que era como una *jam session* » —dijo Filomeno con palabras que, por lo raras, parecían desvaríos de beodo. Y, de pronto, sacó del bulto del gabán, enrollado junto a las vituallas, el misterioso objeto que, como « recuerdo » —decía—

Mais quand on passa aux confitures de coing et aux biscuits des nonnes, les derniers nuages du matin s'écartèrent et le soleil frappa en plein les dalles des tombeaux, projetant de blanches clartés sous le vert profond des cyprès. On vit de nouveau, comme agrandi par la lumière éclatante, le nom russe qui était gravé si près d'eux. Et, tandis que le vin assoupissait de nouveau Montezuma, le Saxon, mieux habitué à supporter la bière que le gros rouge, devenait pinailleur et assommant : — « Stravinsky a dit — rappelat-il tout à coup avec perfidie — que tu avais écrit six cents fois le même *concerto*. » — « C'est possible — dit Antonio, mais je n'ai jamais composé une polka de cirque pour les éléphants de Barnum. » — « On verra bien des éléphants dans ton opéra sur Montezuma » — dit Georg Friedrich. — « Au Mexique il n'y a pas d'éléphants » — répondit l'homme déguisé, tiré de sa torpeur par l'énormité de la sottise. — « Pourtant des animaux de ce genre apparaissent, avec des panthères, des pélicans et des perroquets, sur les tapisseries du Quirinal où l'on nous montre les prodiges des Indes » — dit Georg Friedrich, avec l'insistance propre à ceux qui poursuivent une idée fixe dans les vapeurs du vin. — « Nous avons eu hier soir de la bonne musique » — dit Montezuma, pour détourner les autres d'une sotte dispute. — « Bah ! Une marmelade ! » — dit Georg Friedrich. — « Moi je dirais plutôt que c'était comme une *jam session* » — dit Filomeno en termes qui, par leur bizarrerie, semblaient délires d'homme saoul. Et, tout à coup, il sortit des plis de son manteau, roulé près des provisions, le mystérieux objet que, comme « souvenir » — disait-il —

123

le había regalado la *Cattarina del cornetto* : era una reluciente trompeta (« y de las buenas » —señaló el sajón, muy conocedor del instrumento) que al punto se llevó a los labios y, después de probarle la embocadura, la hizo prorrumpir en estridencias, trinos, glisados, agudas quejas, levantando con ello las protestas de los demás, pues se había venido acá en busca de calma, huyendo de las murgas del carnaval, y aquello además, no era música, y, caso de serlo, totalmente impropia de sonar en un cementerio, por respeto a los difuntos que tan quietos yacían bajo la solemnidad de las lápidas presentes. Dejó pues Filomeno —un tanto avergonzado por el regaño— de asustar con sus ocurrencias a los pájaros de la isleta que, hallándose nuevamente dueños de su ámbito, volvieron a sus madrigales y motetes en petirrojo mayor. Pero ahora, bien comidos y bebidos, cansados de discusiones, Jorge Federico y Antonio bostezaban en tal cabal contrapunto que, a veces, se reían del dúo involuntariamente logrado. —« Parecen *castrati* en ópera bufa » —decía el disfrazado. —« ¡ *Castrati*, tu madre ! » —replicaba el Preste, con gesto algo impropio de quien —aunque nunca hubiese dicho una misa pues estaba demostrado que los humos del incienso le daban ahogos y pruritos— era hombre de tonsura y disciplina... Entretanto, se alargaban las sombras de árboles y panteones. En esta época del año los días se hacían más cortos. —« Es hora de marcharse » —dijo Montezuma,

lui avait offert la *Cattarina del Cornetto* : c'était une trompette étincelante (« et des meilleures » — fit observer le Saxon, qui connaissait bien l'instrument) qu'il porta à l'instant à ses lèvres, et, après avoir essayé l'embouchure, il la fit éclater en stridences, trilles, glissandos, lamentations aiguës, provoquant de la sorte les protestations des autres, car on était venu ici chercher le calme, fuyant les troupes de musiciens ambulants du carnaval, et puis ce n'était pas de la musique, et même à supposer qu'elle le fût, elle n'aurait jamais dû retentir dans un cimetière, par respect pour les morts qui gisaient en paix sous les dalles solennelles de leurs tombeaux. Filomeno — un peu honteux d'avoir été rabroué — cessa donc d'effrayer par ses plaisanteries les oiseaux de l'îlot qui, se trouvant de nouveau maîtres de leur domaine, retournèrent à leurs madrigaux et à leurs motets en rouge-gorge majeur. Mais à présent, après avoir bien mangé et bien bu, fatigués de discussions, Georg Friedrich et Antonio bâillaient en si parfait contrepoint qu'ils riaient parfois de leur duo involontairement réussi. — « On dirait des *castrati* dans un opéra bouffe » — disait l'homme travesti. — « Des *castrati,* ta mère ! — répliquait le Prêtre, avec un geste un peu inconvenant pour un homme qui, bien qu'il n'eût jamais dit la messe car il était notoire que les fumées de l'encens le faisaient suffoquer et lui donnaient des démangeaisons, était un homme à tonsure et discipline... Entre-temps, les ombres des arbres et des sépulcres s'allongeaient. A cette époque de l'année les jours raccourcissaient. — « Il est temps de rentrer », dit Montezuma,

pensando que se aproximaba el crepúsculo y que un cementerio en el crepúsculo es siempre algo melancólico que induce a meditaciones poco regocijadas sobre el destino de cada cual —como las hacía, en tales ocasiones, un príncipe de Dinamarca aficionado a jugar con calaveras, a semejanza de los chamacos mexicanos en días de Fieles Difuntos... Al ritmo de remos metidos en un agua tan quieta que apenas si se ondulaba a ambos lados de la barca, bogaron lentamente hacia la Plaza Mayor. Ovillados bajo la toldilla de borlas, el sajón y el veneciano dormían las fatigas de la farra con tal contento en los rostros que daba gusto mirarlos. A veces sus labios esbozaban ininteligibles palabras, como cuando se quiere hablar en sueños... Al pasar frente al palacio Vendramin-Calergi notaron Montezuma y Filomeno que varias figuras negras —caballeros de frac, mujeres veladas como plañideras antiguas— llevaban, hacia una góndola negra, un ataúd con fríos reflejos de bronce. —« Es de un músico alemán que murió ayer de apoplejía —dijo el Barquero, parando los remos— : Ahora se llevan los restos a su patria. Parece que escribía óperas extrañas, enormes, donde salían dragones, caballos volantes, gnomos y titanes, y hasta sirenas puestas a cantar en el fondo de un río. ¡Díganme ustedes! ¡Cantar debajo del agua! Nuestro Teatro de la Fenice no tiene tramoya ni máquinas suficientes para presentar semejantes cosas. »

se disant que le crépuscule allait tomber et qu'un cimetière au crépuscule est toujours un peu mélancolique et invite à des méditations peu réjouissantes sur le destin de chacun — comme celles auxquelles se livrait, en des circonstances semblables, un prince de Danemark qui aimait jouer avec des têtes de mort [1] ainsi que les gosses au Mexique le jour de la Fête des Morts... Au rythme des avirons qui s'enfonçaient dans une eau si calme qu'elle ondulait à peine des deux côtés de la barque, ils voguèrent lentement vers la Grand-Place. Pelotonnés sous le baldaquin à pompons, le Saxon et le Vénitien fatigués par leur bringue dormaient avec une telle satisfaction reflétée sur leur visage qu'on avait plaisir à les regarder. Quelquefois leurs lèvres ébauchaient des paroles inintelligibles, comme quand on veut parler en rêve... En passant devant le palais Vendramin-Calergi, Montezuma et Filomeno remarquèrent que plusieurs silhouettes noires — messieurs en habit, femmes voilées comme des pleureuses antiques — portaient, vers une gondole noire, un cercueil aux froids reflets de bronze. — « C'est un musicien allemand qui est mort hier d'apoplexie — dit le Batelier, s'arrêtant de ramer — On transporte maintenant ses restes dans sa patrie [2]. On dit qu'il écrivait des opéras étranges, énormes, où apparaissaient des dragons, des chevaux volants, des gnomes et des titans, et même des sirènes qu'on faisait chanter au fond d'une rivière. Pensez donc ! Chanter sous l'eau ! Notre théâtre de la Fenice n'a pas de décors ni de machineries suffisantes, pour présenter de tels spectacles. »

1. Encore une allusion à *Hamlet*.
2. Allusion au transfert à Bayreuth des restes de Wagner, mort à Venise le 13 février 1883.

Las figuras negras, envueltas en gasas y crespones, colocaron el ataúd en la góndola funeraria que, al impulso de pértigas solemnemente movidas, comenzó a navegar hacia la estación del ferrocarril donde, resoplando entre brumas, esperaba la locomotora de Turner con su ojo de cíclope ya encendido... —« Tengo sueño » —dijo Montezuma, repentinamente agobiado por un enorme cansancio. —« Estamos llegando —dijo el Barquero— : Y la Hospedería suya tiene entrada por el canal. » —« Es ahí donde se arriman las chalanas de la basura » —dijo Filomeno, a quien una nueva tragada de morapio había puesto de ánimo rencoroso, por lo del regaño en el cementerio. —« Gracias de todos modos » —dijo el indiano, cerrando los ojos con tal peso de párpados que apenas si advirtió que lo sacaban de la barca, lo subían por una escalera, lo desnudaban, acostaban, arrebujaban, metiéndole varias almohadas debajo, de la cabeza. —« Tengo sueño » —murmuró aún— : Vete, tú también, a dormir. » —« No —dijo Filomeno— : Voy con mi trompeta a donde pueda hacer bulla »... Afuera, seguía la fiesta. Accionando sus martillos de bronce, daban la hora los « mori » de la torre del Orologio.

1. Allusion à l'un des tableaux les plus célèbres de Turner.
2. *Indiano* n'a pas ici le sens traditionnel d'Espagnol de retour dans son pays après fortune faite en Amérique, mais de *criollo*, créole, fils d'Espagnols né aux Indes. Les grands-parents du maître de Filomeno étaient nés en Espagne, son père avait été baptisé à Medellín (comme Hernán Cortés, né dans cette ville d'Estrémadoure), c'est un créole (« homme blanc, femme blanche originaire

Les silhouettes noires, enveloppées de gazes et de crêpes, placèrent le cercueil sur la gondole funéraire qui, sous l'impulsion de perches maniées d'un geste solennel, se mit à naviguer vers la gare des chemins de fer où, soufflant dans la brume, attendait la locomotive de Turner avec son œil de cyclope déjà allumé [1]... — « J'ai sommeil » — dit Montezuma, soudain accablé d'une immense fatigue. — « Nous arrivons, dit le Batelier — : votre hôtellerie a une entrée sur le canal. » — « C'est là où s'arriment les chalands aux ordures » — dit Filomeno, qu'un nouveau coup de rouge avait rendu rancunier, à cause de la remontrance au cimetière. — « Merci de toute façon » — dit le créole [2], dont les paupières se fermaient si lourdement qu'il remarqua à peine qu'on le sortait de la barque, qu'on le montait par un escalier, qu'on le déshabillait, couchait, bordait, et qu'on lui mettait plusieurs oreillers sous la tête. — « J'ai sommeil, murmura-t-il encore, va te coucher toi aussi. » — « Non, répondit Filomeno — : je vais, avec ma trompette, chercher un endroit où je pourrai faire du raffut... » Au-dehors la fête continuait. Actionnant leurs tambours de bronze, les *Mori* [3] de la tour de l'Horloge sonnaient l'heure.

des colonies » — selon la définition du Littré). Filomeno, né à Cuba, était un nègre créole, « par opposition au Noir qui provient de la traite » (Littré).
3. Les *Mori*, ou Maures, sont les deux géants qui frappent les heures sur une cloche énorme, sur la terrasse de la tour de l'Horloge.

VII

Y los « mori » de la torre del Orologio volvieron a
dar las horas, atentos a su ya muy viejo oficio de medir
el tiempo, aunque hoy les correspondiera martillar
entre grisuras de otoño, envueltos en una lluvia
neblinosa que, desde el amanecer, asordinaba las voces
del bronce. Al llamado de Filomeno, el Amo salió de
un largo sueño —tan largo que parecía cosa de años.
No era ya el Montezuma de la víspera, puesto que
llevaba una afelpada bata de dormir, gorro de dormir,
calcetas de dormir, y el traje de anoche no estaba ya en
la butaca donde acaso lo hubiese dejado —o lo
hubiesen puesto— con los collares, las plumas y las
sandalias de correas doradas que tanto lucimiento
habían dado a su persona. —« Se llevaron el disfraz
para vestir al Signor Massimiliano Miler —dijo el
negro, sacando ropas del armario— : Y dese prisa, que
ya va a empezar el último ensayo, con luces, maquina-
rias, y todo »... ¡Ah! ¡Sí! ¡Claro! Los bizcochos
mojados en vino de Malvasía le refrescaron la memoria.
El sirviente lo rasuró prestamente y, ya hecho un
caballero,

VII

Et les *Mori* de la tour de l'Horloge sonnèrent encore
les heures, attentifs à leur rôle déjà fort ancien de
mesurer le temps, bien qu'ils dussent aujourd'hui
frapper leurs marteaux dans une grisaille automnale,
enveloppés dans une bruine qui, dès l'aube, assourdis-
sait les voix du bronze. A l'appel de Filomeno, le
Maître sortit d'un long sommeil — si long qu'il
semblait durer depuis des années. Ce n'était plus le
Montezuma de la veille, puisqu'il portait une chemise
de nuit ouatée, un bonnet de nuit, chaussons de nuit,
et son vêtement de la veille n'était plus sur le fauteuil
où il l'avait peut-être posé lui-même — ou quelqu'un
d'autre — avec les colliers, les plumes et les sandales à
courroies dorées qui avaient donné si fière allure à sa
personne. — « On a emporté le déguisement pour en
vêtir le Signor Massimiliano Miler — dit le noir, tout
en prenant des vêtements dans l'armoire —: Et
pressez-vous, car la dernière répétition va commencer,
avec éclairages, décors, et tout le reste... » Ah! oui!
Bien sûr! Les biscuits trempés dans du malvoisie
rafraîchirent sa mémoire. Le serviteur le rasa preste-
ment et, transformé maintenant en homme de qualité,

bajó las escaleras del albergue, acabando de ajustarse las mancuernas a los puños de encaje. Hiciéronse escuchar nuevamente los martillos de los « mori » —« mis hermanos », los llamaba Filomeno—, pero ahora el sonido de sus martillos se confundió con el de los presurosos martillazos de los tramoyistas del Sant' Angelo que, tras del telón de terciopelo encarnado, acababan de colocar la gran decoración del primer acto. Afinaban cuerdas y trompas los músicos de la orquesta, cuando el indiano y su servidor se instalaron en la penumbra de un palco. Y, de pronto, cesaron los martillazos y afinaciones, se hizo un gran silencio y, en el puesto del director, vestido de negro, violín en mano, apareció el Preste Antonio, más flaco y narigudo que nunca, pero acrecido en presencia por la ceñuda tensión de ánimo que, cuando había de enfrentarse con tareas de arte mayor, se le manifestaba en una majestuosa economía de gestos —parquedad muy estudiada para hacer resaltar mejor las resueltas y acrobáticas arremetidas que habrían de magnificar su virtuosismo en los pasajes concertantes. Metido en lo suyo, sin volverse para mirar a las pocas personas que, aquí, allá, se habían colado en el teatro, abrió lentamente un manuscrito, alzó el arco —como *aquella noche*— y, en doble papel de director y de ejecutante impar, dio comienzo a la sinfonía,

il descendit les escaliers de l'auberge, en finissant d'ajuster les boutons de manchette aux poignets de dentelle. Les marteaux des *Mori* se firent entendre une nouvelle fois — « mes frères », ainsi les appelait Filomeno —, mais à présent le son de leurs marteaux se confondit avec celui des coups de marteau pressés des machinistes de Sant'Angelo [1] qui, derrière le rideau de velours rouge, achevaient de placer le grand décor du premier acte. Les musiciens de l'orchestre accordaient cordes et cors lorsque le créole et son serviteur s'installèrent dans la pénombre d'une loge. Et, soudain, les coups de marteau et les accords cessèrent, il se fit un grand silence et, sur l'estrade du chef d'orchestre, habillé de noir, violon en main, apparut le Prêtre Antonio, plus maigre et le nez plus long que jamais, mais d'une prestance accrue en raison de la tension d'esprit qui plissait son front et s'exprimait, quand il avait à faire face à des tâches très importantes par une majestueuse économie de gestes — sobriété fort étudiée pour mieux mettre en valeur les envolées énergiques et acrobatiques où éclaterait sa virtuosité dans les passages concertants. Absorbé en lui-même, sans se retourner pour regarder les personnes peu nombreuses qui, ici et là, s'étaient faufilées dans le théâtre, il ouvrit lentement un manuscrit, leva l'archet — comme *cette nuit-là* — et, en un double rôle de chef d'orchestre et d'incomparable exécutant, il attaqua la symphonie,

---

1. L'un des sept théâtres d'opéra de Venise où Vivaldi exerça des activités d'imprésario et fit jouer plusieurs de ses opéras, dont *Montezuma* créé à l'automne 1733 (voir Roland de Candé, *Vivaldi, op. cit.*).

más agitada y ritmada —acaso— que otras sinfonías suyas de sosegado tempo, y se abrió el telón sobre un estruendo de color. Recordó de pronto el indiano el tornasol de flámulas y gallardetes que hubiese contemplado, cierto día, en Barcelona, con esa encendida selva de velámenes y estandartes que, sobre proas de naves, alegraban el lado derecho del escenario, mientras, a la izquierda, empavesando las macizas murallas de un palacio, eran oriflamas y banderolas de púrpura y amaranto. Y, sobre un brazo de agua venido de la laguna de México, un puente de esbelta arcada (harto parecido, tal vez, a ciertos puentes venecianos) separaba el atracadero de los españoles de la mansión imperial de Montezuma. Pero, bajo tales esplendores, quedaban evidentes vestigios de una reciente batalla : lanzas, flechas, escudos, tambores militares, esparcidos en el piso. Entraba el Emperador de los Mexicanos, con una espada en la mano, y atento al arco del Maestro Antonio, clamaba :

> « *Son vinto eterni Dei! tutto in un giorno*
> *Lo splendor de'miei fasti, e l'alta Gloria*
> *Del valor Messican cade svenata...* »

Vanas fueron las invocaciones, los ritos, los llamados al Cielo, ante los embates de un sino adverso. Hoy todo es dolor, desolación y desplome de grandezas : « *Un dardo vibrato nel mio sen...* »

plus mouvementée et rythmée — peut-être — que d'autres symphonies par lui composées au tempo plus lent, et le rideau se leva sur un tumulte de couleurs. Le créole des Indes se rappela soudain le chatoiement des flammes et des banderoles qu'il avait contemplé, certain jour, à Barcelone, avec cette forêt incendiée de voilures et d'étendards, qui, sur les proues des navires, égayaient le côté droit de la scène tandis qu'à gauche, des oriflammes et des banderoles de pourpre et d'amarante pavoisaient les murailles massives d'un palais. Et, sur un bras d'eau provenant de la lagune de Mexico, un pont à l'arche svelte (assez semblable, peut-être, à certains ponts vénitiens) séparait le débarcadère des Espagnols de la demeure impériale de Montezuma. Mais, sous de telles splendeurs, des vestiges évidents d'une bataille récente : lances, flèches, boucliers, tambours militaires, jonchaient le sol. L'empereur des Mexicains entrait en scène, une épée à la main, et les yeux fixés sur l'archet du Maître Antonio, s'écriait :

« Son vinto eterni Dei ! tutto in un giorno
Lo splendor de'miei fasti, et l'alta Gloria
Del valor Messican cade svenata... »

Vains avaient été les invocations, les rites, les appels au Ciel, devant les assauts d'un destin adverse. Aujourd'hui tout est douleur, désolation et écroulement de grandeurs : *« Un dardo vibrato nel mio sen... »*

Y aparece la Emperatriz con traje entre Semíramis y dama del Ticiano, guapa y valiente mujer, que trata de reanimar los arrestos de su derrotado esposo, puesto por un « *falso ibero* » en tan aciago trance. —« No podía faltar en el drama —sopla Filomeno a su amo— : Es Anna Giró, la querida del Fraile Antonio. Para ella es siempre el primer papel. » —« Aprenda a respetar » —dice el indiano, severo, a su fámulo. Pero en eso, agachando la cabeza bajo las oriflamas aztecas que cuelgan sobre las tablas del espectáculo, aparece Teutile, personaje mencionado en la *Historia de la Conquista de México* de Mosén Antonio de Solís, que fuera Cronista Mayor de Indias. —« ¡ Pero resulta que aquí es hembra ! » —exclama el indiano, advirtiendo que le abultan las tetas bajo la túnica ornada de grecas. —« Por algo la llaman " la alemana " —dice el negro— : Y usted sabe que, en eso de ubres, las alemanas... » —« Pero esto es grandísimo disparate —dice el otro— : Según Mosén Antonio de Solís, Teutile era *general* de los ejércitos de Montezuma. » —« Pues aquí se llama Giuseppa Pircher, y para mí que se acuesta con Su Alteza el Príncipe de Darmstadt, o Armestad, como dicen otros, que mora, por aburrido de nieves, en un palacio de esta ciudad. »

1. Sémiramis : Reine de Babylone dans l'opéra *Sémiramide* de Rossini, d'après la tragédie de Voltaire, qui fut créé à Venise le 3 février 1823 au théâtre de la Fenice (Gustave Kobbé, *Tout l'opéra*, *op. cit.*, p. 284).
2. La chanteuse Anna Giraud, ou Giró, appelée « l'Annina del Prete Rosso », fille d'un perruquier d'origine française (voir Roland de Candé, *Vivaldi*, *op. cit.*).
3. Antonio de Solís (1610-1686), auteur de la *Historia de la*

Et l'Impératrice apparaît, dans un vêtement qui tient à la fois de celui de Sémiramis[1] et d'une dame du Titien, femme belle et courageuse, qui essaie de ranimer le courage de son époux vaincu, réduit à si funeste extrémité par un « fourbe Ibère ». — « Elle ne pouvait manquer dans le drame — souffle Filomeno à son maître — : C'est Anna Giraud, la maîtresse du Prêtre Antonio[2]. Le premier rôle est toujours pour elle. » — « Aie plus de respect » — dit le créole, sévère, à son valet. Sur ce, baissant la tête sous les oriflammes aztèques qui pendent sur les planches, apparaît Teutile, personnage mentionné dans l'*Histoire de la conquête du Mexique*, de l'abbé Antonio de Solís[3], qui fut Grand Chroniqueur des Indes. — « Mais ici c'est une femme ! » s'écrie le créole, remarquant le renflement de ses tétons sous la tunique ornée de grecques. — « Il y a bien une raison si on l'appelle " l'Allemande " — dit le noir — : vous savez qu'en fait de mamelles, les Allemandes... » — « Mais c'est une sottise monstrueuse — répond l'autre — : D'après l'abbé Antonio de Solís, Teutile était *général* des armées de Montezuma. » — « Eh bien, ici il s'appelle Giuseppa Pircher, et m'est avis que celle-ci couche avec Son Altesse le Prince de Darmstadt, ou Armestad, selon d'autres, qui, dégoûté des neiges de son pays, habite un palais dans cette ville[4]. »

conquista de México, población y progresos de la América septentrional, conocida por el nombre de Nueva España. Ordonné prêtre en 1669, Antonio de Solís n'alla jamais en Amérique.

4. Vivaldi fut nommé, en 1717, maestro di Cappella et di Camera du landgrave de Hesse-Darmstadt qui avait établi sa cour à Mantoue. Vivaldi demeura trois ans dans cette ville (Roland de Candé, *Vivaldi, op. cit.*, p. 67).

—« Pero Teutile es un hombre y no una mujer . »
—« ¡ Cualquiera sabe ! — dice el negro— : Aquí hay
gente de mucho vicio... O si no, mire esto. » Y resulta
que Teutile quería casarse con Ramiro, hermano
menor del Conquistador Don Hernán Cortés, cuyo
papel de varón nos canta ahora la Signora Angiola
Zanuchi... —« Otra que se acuesta con Su Alteza el
Príncipe de Darmstadt » —insinúa el negro.
—« Pero... ¿ aquí todo el mundo se acuesta con todo el
mundo ? » —pregunta el indiano, escandalizado.
—« ¡ Aquí la gente se acuesta con todo Dios ! ...Pero,
déjeme escuchar la música, pues está sonando un
pasaje de trompeta que mucho me interesa » —dice el
negro. Y el indiano, desconcertado por el trastrueque
de apariencias, empieza a perderse en el laberinto de
una acción que se enreda y desenreda en sí misma, con
enredos de nunca acabar. Montezuma pide a la Emperatriz Mitrena —pues así la llaman— que inmole a su
hija Teutile (« ¡ pero si Teutile, carajo, era un general
mexicano ! »...) antes de que la doncella sea mancillada
por los torvos apetitos de un invasor. Pero (y aquí los
« peros » se tienen que multiplicar al infinito...) la
princesa prefiere darse muerte en presencia de Cortés.
Y cruza el puente, que ahora resulta sorprendente-
mente parecido al de Rialto, y, pura y digna, clama
ante el Conquistador :

> « *La figlia d'un Monarca,*
> *in ostaggio a Fernando ? Il Sangue illustre*
> *di tanti Semidei*
> *così ingrato avvilirsi ?* »

— « Mais Teutile est un homme et non une femme. »
— « Allez donc savoir ! — dit le nègre — : Ici le vice
court les rues... Si vous ne me croyez pas, regardez. »
Il se trouve que Teutile voulait épouser Ramiro, frère
cadet du Conquistador Don Hernán Cortés, dont le
rôle d'homme est chanté à présent par la Signora
Angiola Zanuchi... — « Encore une qui couche avec
Son Altesse le Prince de Darmstadt » — insinue le
noir. — « Mais... tout le monde couche donc ici avec
tout le monde ? » demande le créole, scandalisé. —
« Ici les gens couchent avec qui leur chante !... Mais
laissez-moi écouter la musique, car on est en train de
jouer un passage de trompette qui m'intéresse beaucoup » — dit le noir. Et le créole, déconcerté par
l'interversion des sexes, commence à se perdre dans le
labyrinthe d'une action dont les fils s'embrouillent et
se dénouent au milieu d'intrigues sans fin. Montezuma
demande à l'impératrice Mitrena — tel est son nom —
d'immoler sa fille Teutile (« mais Teutile, merde, était
un général mexicain ! »...) avant que la pucelle ne soit
souillée par les horribles appétits d'un envahisseur.
Mais (et ici les « mais » doivent être multipliés à
l'infini...) la princesse préfère se donner la mort en
présence de Cortés. Et elle traverse le pont, qui
ressemble à présent de façon étonnante à celui du
Rialto, et pure et digne, clame devant le Conquérant :

> *La figlia d'un Monarca,*
> *in ostaggio a Fernando ? Il sangue ilustre*
> *di tanti Semidei*
> *così ingrato avvilirsi ?*

En esto, Montezuma dispara una flecha a Cortés, y se arma un lío tal en el escenario que el indiano pierde el hilo de la historia y sólo es sacado de su alelamiento al ver que cambia la decoración y nos vemos, de pronto, en el interior de un palacio cuyas paredes se adornan de símbolos solares, donde aparece ahora el Emperador de México vestido a la española. —« ¡ Eso sí que está raro ! »—observa el indiano, al darse cuenta de que el Signor Massimiliano Miler se ha quitado el disfraz que él —el que está aquí, en este palco, el rico, el riquísimo negociante de plata— llevaba puesto anoche, antenoche, o ante-ante-antenochísima, o no sé cuándo, para parecerse a los señores de la aristocracia romana que, por presumir de austeros ante las extravagancias de la Serenísima República, adoptaban ahora las modas de Madrid o de Aranjuez, como lo hacían muy naturalmente, desde siempre, los ricos señores de Ultramar. Pero, de todos modos, este Montezuma ataviado a la española resulta tan insólito, tan inadmisible, que la acción vuelve a enredarse, atravesarse, enrevesarse, en la mente del espectador, de tal modo que ante el nuevo atuendo del Protagonista, del Jerjes vencido, de la tragedia musical, se le confunde el cantante con las tantas y tantas gentes de personalidad cambiada como pudieron verse en el carnaval vivido anoche, antesdeanoche o no sé cuándo, hasta que se cierra el telón de terciopelo encarnado sobre un vigoroso llamado a combate naval, lanzado por un Asprano,

Sur ce, Montezuma décoche une flèche à Cortés, et il se produit un tel tohu-bohu sur la scène que le créole perd le fil de l'histoire et qu'il ne revient de son ébahissement qu'à la vue du changement de décor : nous voici tout à coup transportés à l'intérieur d'un palais dont les murs sont ornés de symboles solaires, où apparaît à présent l'Empereur du Mexique vêtu à l'espagnole. — « Voilà qui est très bizarre ! » remarque le créole, quand il se rend compte que le signor Massimiliano Miler a ôté le travesti que lui en personne — lui présent ici, dans cette loge, le riche, le richissime négociant en argent — portait hier soir, avant-hier soir, ou un soir du temps que Berthe filait, ou je ne sais quand, pour ressembler aux seigneurs de l'aristocratie romaine qui, voulant afficher leur austérité devant les extravagances de la Sérénissime République, adoptaient maintenant les modes de Madrid ou d'Aranjuez, comme le faisaient naturellement, depuis toujours, les riches seigneurs d'outre-mer. Mais, de toute façon, ce Montezuma accoutré à l'espagnole est si insolite, si inadmissible, que l'action s'embrouille, s'enchevêtre, s'empêtre de nouveau dans l'esprit du spectateur, de telle sorte que devant les nouveaux atours du Protagoniste, de Xerxès vaincu, de la tragédie musicale, il confond le chanteur avec les innombrables individus masqués qui s'étaient exhibés au carnaval fêté la veille, l'avant-veille ou je ne sais quand, jusqu'au moment où le rideau de velours rouge tombe sur un vigoureux appel au combat naval lancé par un certain Asprano,

otro « general de los mexicanos » a quien jamás mencionaron Bernal Díaz del Castillo ni Antonio de Solís en sus crónicas famosas... Suenan nuevamente las horas dadas por los « mori » del Orologio ; se conciertan en presurosas percusiones los martillos tramoyistas, pero el Preste Vivaldi no abandona el ámbito de la orquesta, cuyos músicos se ponen a pelar naranjas o empinan las fiascas del tintazo, y, sentándose en un taburete, se entrega a la tarea de revisar los papeles pautados del acto siguiente, marcando una corrección, a veces, con malhumorada pluma. Tal atención de lectura se observa en su modo de pasar las hojas, con gestos que en nada afectan la inmovilidad de su flaco lomo, que nadie se atreve a molestarlo. —« Tiene mucho de Licenciado Cabra » —dice el indiano, recordando el célebre dómine de la novela que ha corrido por toda América. —« Licenciado *Cabro*, diría yo... » —apunta Filomeno, a quien las redondas caderas y el sonrosado escote de Anna Giró no dejaron insensible... Pero ahora el arco del virtuoso da entrada a una nueva sinfonía —en tiempo lento y apoyado, esta vez—, ábrese el escenario, y estamos en una vasta sala de audiencias, en todo parecida a la que se nos muestra en el cuadro que posee el indiano en su casa de Coyoacán, donde se asiste a un episodio de la Conquista —más fiel a la realidad, en cierto modo, que lo que hasta ahora se ha visto aquí.

1. Bernal Díaz del Castillo, auteur de la *Historia verdadera de la conquista de la Nueva España*. Il prit part, entre autres expéditions, à la conquête du Mexique par Hernán Cortés.

autre « général des Mexicains » que ne mentionnèrent jamais ni Bernal Díaz del Castillo [1] ni Antonio de Solís dans leurs fameuses chroniques.

On entend de nouveau les heures sonnées par les *Mori* de l'Horloge ; les marteaux des machinistes s'accordent en percussions pressées, mais le Prêtre Vivaldi n'abandonne pas l'enceinte de l'orchestre, dont les musiciens se mettent à peler des oranges ou lèvent leurs fiasques de gros rouge, et, s'asseyant sur un tabouret, il entreprend de réviser les partitions de l'acte suivant, marquant une correction, parfois, d'une plume agacée. On observe une si vive attention dans sa lecture, dans sa façon de tourner les feuilles, avec des gestes qui n'affectent en rien l'immobilité de son dos maigre, que personne n'ose le déranger. — « Il ressemble beaucoup au Licencié Chèvre [2] » — dit le créole, se rappelant le célèbre maître de pension du roman qui a été lu dans toute l'Amérique. — « Licencié Bouc, dirais-je plutôt... » — fait remarquer Filomeno, que la croupe rebondie et le rose décolleté d'Anna Giraud n'ont pas laissé insensible... Mais maintenant l'archet du virtuose introduit une nouvelle symphonie — sur un tempo lent et appuyé, cette fois —, le rideau se lève, et nous sommes dans une vaste salle d'audience, semblable en tous points à celle que l'on voit sur le tableau que possède le créole dans sa maison de Coyoacán, où est figuré un épisode de la Conquête — plus fidèle à la réalité, en quelque sorte, que ce que l'on a vu jusqu'à présent.

2. Allusion au célèbre roman picaresque de Francisco de Quevedo, *El Buscón*, et à l'un de ses personnages les plus pittoresques, le sordide licencié Cabra (chèvre) qui laisse mourir de faim ses pensionnaires ; lui-même est d'une effroyable maigreur.

Ahora Teutile (¿ hay que aceptar, decididamente, que es hembra y no varón?), lamenta el destino de su padre, cautivo de los españoles, que actuaron con alevosía. Pero Asprano dispone de hombres listos a rescatarlo : « *Están impacientes mis guerreros por montar en sus canoas y piraguas ; impacientes por castigar al Duce* (sic) *que a su palabra faltó.* » Entran en escena Hernán Cortés y la Emperatriz y se entrega la mexicana a un patético lamento donde un acento evocador de la Reina Atossa de Esquilo se mezcla (en este comienzo que escuchamos ahora) a un cierto derrotismo malinchero. Reconoce Mitrena-Malinche que aquí se vivía en tinieblas de idolatría ; que la derrota de los aztecas había sido anunciada por pavorosos presagios. Además :

> « *Per sècoli sì lunghi*
> *furono i popoli cotanto idioti*
> *ch'anche i propi tesori gl'érano ignoti* »,

y se había entendido de pronto que eran Falsos Dioses los que en estas tierras se adoraban ; y que, al fin, por Cozumel, en trueno de cañones y lombardas, había llegado la Verdadera Religión, con la pólvora, el caballo y la Palabra de los Evangelios.

---

1. Dans *Les Perses*.
2. Ainsi était nommée doña Marina (voir plus haut note 2, page 24) connue sous le nom de Malintzin, Malinche. Comme la Malinche accompagnait le plus souvent Cortés, dont elle était l'interprète, les Aztèques appelèrent aussi ce dernier Malinche, comme le relate Bernal Díaz del Castillo dans son *Historia verdadera*, etc., *op. cit.* Le chroniqueur ajoute que ce nom de Malinche fut donné également à un certain Juan Pérez de Arteaga, « por causa que

Maintenant Teutile (faut-il accepter, décidément, qu'il soit femme et non homme?) se lamente sur le destin de son père, captif des Espagnols qui ont agi avec traîtrise. Mais Asprano dispose d'hommes prêts à le délivrer : « *Mes guerriers sont impatients de monter sur leurs canots et leurs pirogues : impatients de châtier le Duce* (sic) *qui a manqué à sa parole.* » Entrent en scène Hernán Cortés et l'Impératrice, et la Mexicaine se livre à une pathétique lamentation où un accent qui évoque la reine Atossa d'Eschyle[1] se mêle (en ce début que nous écoutons maintenant) à un certain défaitisme digne de la Malinche[2]. Mitrena-Malinche reconnaît que l'on vivait en ce pays-ci dans les ténèbres de l'idolâtrie ; que la défaite des Aztèques avait été annoncée par des présages terrifiants. De plus :

> « *Per sècoli sì lunghi*
> *furono i popoli cotanto idioti*
> *ch'anche i propi tesori gl'érano ignoti* »,

et l'on avait subitement compris que les Dieux qu'adoraient les Indiens étaient de faux dieux ; et qu'enfin la Vraie Religion leur avait été apportée, par l'île de Cozumel[3], dans un tonnerre de canons et de bombardes, avec la poudre, le cheval et la Parole des Evangiles.

siempre andaba con Doña Marina ». Le malinchismo est synonyme de défaitisme, de collaboration avec l'ennemi. A. Carpentier a pris la Malinche comme héroïne de sa pièce de théâtre *La aprendiz de bruja* (publiée dans *Obras Completas* à Mexico, Siglo veintiuno Editores, tome IV).

3. Ile située en face du Yucatán, où Cortés débarqua deux fois avant de se lancer dans la conquête du Mexique. Elle fut découverte par Grijalba le 3 mai 1578.

Una civilización de hombres superiores se había impuesto con dramáticas realidades de razón y de fuerza... Pero, por lo mismo (y aquí se esfumaba el malinchismo de Mitrena en valiente subida del tono), la humillación impuesta a Montezuma era indigna de la cultura y el poderío de tales hombres : « *Si del Cielo de Europa a esta parte del Occidente habéis pasado, sed Ministro, señor, y no Tirano.* » Aparece Montezuma encadenado. Se envenena la discusión. Se agitan los músicos del Maestro Antonio bajo el repentino alboroto de su batuta ; hay mutación de escena como sólo, por operación portentosa de sus *macchine,* las hacen los tramoyistas venecianos, y, en luminosa visión, aparece el gran Lago de Texcoco, con volcanes por fondo, surcado de embarcaciones indias, y se arma una tremenda naumaquia con encarnizada trabazón de españoles y mexicanos, clamores de odio, muchas flechas, ruido de aceros, morriones caídos, tajos y mandoblazos, hombres al agua, y una caballería que irrumpe repentinamente por el foro, acabando de desaforar la turbamulta ; suenan trompetas arriba, suenan trompetas abajo, hay estridencias de pífanos y clarines, y es el incendio de la flota azteca, con fuego griego, fumarolas de artificio, centellas, humos y pirotecnias de alto vuelo, vocerío, confusión, gritos y desastres. —« ¡ Bravo ! ¡ Bravo ! —clama el indiano— : ¡ Así fue ! ¡ Así fue ! » —« ¿ Estuvo usted en eso ? » —pregunta Filomeno, socarrón. —« No estuve, pero digo que así fue y basta »...

Une civilisation d'hommes supérieurs s'était dramatiquement imposée, appuyée sur la raison et sur la force... C'est pourquoi (et ici par sa façon de hausser courageusement le ton, s'estompait le *malinchismo* de Mitrena) l'humiliation infligée à Montezuma était indigne de la culture et de la puissance de ces hommes : « *Si du Ciel de l'Europe vous êtes passé à cette partie de l'Occident, soyez Ministre, seigneur, et non tyran.* » Montezuma apparaît enchaîné. La discussion s'envenime. Les musiciens du Maître Antonio s'agitent sous la frénésie soudain de sa baguette ; il y a changement de décor, comme seuls en effectuent grâce à leurs prodigieuses *macchine* les machinistes vénitiens, et, en une vision lumineuse, apparaît le grand Lac de Texcoco, sur fond de volcans, sillonné par des embarcations indiennes, et un terrible combat naval s'engage dans un enchevêtrement sanglant d'Espagnols et de Mexicains, au milieu des clameurs de haine, des nuées de flèches, du bruit des épées, des morions arrachés, des coups de taille et des grands coups de sabre assenés à deux mains, des hommes qui tombent à l'eau, et d'un groupe de cavaliers qui fait soudainement irruption par le fond de la scène, achevant d'épouvanter la cohue ; on entend retentir des trompettes, en haut, en bas, il y a des stridences de fifres et de clairons, puis c'est l'incendie de la flotte aztèque, avec feu grégeois, fumerolles de pièces d'artifice, éclairs, fumées et pyrotechnie de haut vol, clameurs, confusion, cris et désastres. — « Bravo ! Bravo ! — s'écrie le créole. C'était comme ça ! C'était comme ça ! » — « Vous y étiez ? » — demande Filomeno, sarcastique. — « Je n'y étais pas, mais je dis que ça s'est passé ainsi et ça suffit »...

147

Huyen los vencidos, se retiran los de la caballería, queda el escenario lleno de cadáveres y malheridos, y Teutile, tal Dido Abandonada, quiere arrojarse a las últimas llamas de una hoguera que aún arde, para morir con gran estilo, cuando le anuncia Asprano que su propio padre le ha reservado el sublime destino de ser inmolada en el Altar de los Antiguos Dioses, cual nueva Ifigenia, para aplacar las iras de Quienes, desde el Cielo, rigen el destino de los mortales. —« Bueno : como ocurrencia de clásica inspiración, puede pasar » —opina el indiano, dudoso, al ver cerrarse nuevamente el telón encarnado. Pero pronto se arma el concertante de martillazos que anuncia nuevo decorado, regresan las gentes de la música, y, tras de una breve sinfonía que nada bueno anuncia —a juzgar por lo desgarrado de las armonías—, al abrirse nuevamente la embocadura del escenario, se admira una torre de maciza fábrica, con fondo panorámico, en juego óptico, de la magna ciudad de Tenochtitlán. Hay cadáveres en el suelo, cuya presencia no se explica muy bien el indiano. Y se vuelve a enredar la acción, con un Montezuma nuevamente vestido de Montezuma (« mi traje, mi mismo traje... »), una Teutile cautiva, gente que parece decidida a liberarla, y una Mitrena que pretende poner fuego al edificio. —« ¿ Otro incendio ? » —pregunta Filomeno, deseoso de que se repita el anterior que fue, realmente, de un increíble lucimiento. Pero, no.

Les vaincus prennent la fuite, les cavaliers se retirent, la scène est pleine de cadavres et d'hommes horriblement blessés, et Teutile, telle une Didon abandonnée, veut se précipiter dans les dernières flammes d'un bûcher encore allumé, afin de mourir en majesté, quand Asprano lui annonce que son propre père lui a réservé le sort sublime d'être immolée sur l'Autel des Anciens Dieux, comme une nouvelle Iphigénie, pour apaiser la colère de Ceux qui, du haut du Ciel, président aux destinées des mortels. — « Bon : comme idée d'inspiration classique, ça peut passer » — opine le créole, peu convaincu, en voyant tomber de nouveau le rideau rouge. Mais bientôt se met en branle le concertant de coups de marteaux qui annonce un nouveau décor, les musiciens reprennent leur place, et après une courte symphonie qui n'annonce rien de bon — à en juger par les accents déchirants des harmonies — quand apparaît de nouveau le devant de la scène, on admire une tour d'architecture massive, sur un fond panoramique, représentant en trompe-l'œil la grande ville de Tenochtitlán. Le sol est jonché de cadavres, dont le créole ne s'explique pas très bien la présence. Puis l'intrigue reprend son cours, avec un Montezuma vêtu de nouveau en Montezuma (« mon costume, mon propre costume »), une Teutile captive, des gens qui semblent décidés à la libérer, et une Mitrena qui veut mettre le feu à l'édifice — « Encore un incendie » ? — demande Filomeno désireux de voir se répéter le précédent qui a été, en vérité, d'une splendeur inouïe. Mais non.

Como por artes de birlibirloque se transforma la torre en un templo, en cuya entrada se yergue la estatua amenazadora, retorcida, orejuda, tremebunda, de un Dios que mucho se parece a los diablos inventados por el pintor Bosco, cuyos cuadros eran tan gustados por el Rey Felipe II, y que aún se conservan sobre los siniestros pudrideros de El Escorial — Dios a quien unos sacerdotes, vestidos de blanco, llaman *Uchilobos*. («¿ De dónde han sacado eso ? » —se pregunta el indiano.) Traen a Teutile de manos atadas, y va a consumarse el cruento sacrificio, cuando el Signor Massimiliano Miler, acudiendo a las últimas energías de una voz seriamente fatigada por la desbordada inspiración de Antonio Vivaldi, larga, en heroico y sombrío esfuerzo, un lamento en todo digno del caído monarca de *Los persas* : « *Estrellas, habéis vencido. / Ejemplo soy, ante el mundo, de la inconstancia vuestra. / Rey fui, quien me jacté, de poseer divinos poderes. / Ahora, objeto de escarnio, aprisionado, encadenado, hecho despreciable trofeo de ajena gloria / sólo serviré para argumento de una futura historia.* » Y enjugábase el indiano las lágrimas arrancadas por tan sublimes quejas, cuando el telón, en un cerrar y abrirse de escenario, nos puso en la Gran Plaza de México, ornada de triunfos a la romana, columnas rostrales, bajo un cielo atremolado por todas las flámulas, gallardetes, estandartes, insignias y banderas, vistos hasta ahora. Entran los cautivos mexicanos, cadenas al cuello, llorando su derrota ;

Comme par enchantement la tour se transforme en un temple à l'entrée duquel se dresse la statue menaçante, tordue, aux grandes oreilles, d'un Dieu, qui ressemblait fort aux diables imaginés par le peintre Jérôme Bosch, dont les tableaux étaient si appréciés par le Roi Philippe II, et que l'on garde encore au-dessus des sinistres pourrissoirs de l'Escurial — Dieu que des prêtres, vêtus de blanc, appellent *Uchilobos* [1]. (« Où ont-ils pris ça ? » — se demande le créole). On amène Teutile les mains liées, et le sacrifice sanglant va se consommer, quand le Signor Massimiliano Miler, faisant appel aux dernières énergies d'une voix sérieusement fatiguée par l'inspiration débordante d'Antonio Vivaldi, lance, en un héroïque et sombre effort, une lamentation digne en tout point du monarque déchu des *Perses* : « *Astres, vous avez vaincu./ Je suis un exemple, devant le monde, de votre inconstance./ J'ai été Roi, et me suis flatté, de posséder de divins pouvoirs./ Maintenant, objet de dérision, emprisonné, enchaîné, devenu méprisable trophée de la gloire des étrangers./ Je ne servirai plus que de sujet d'une future histoire.* » Et le créole essuyait ses larmes arrachées par de si sublimes lamentations, quand le temps de baisser et de lever le rideau, le décor nous transporte sur la grand-place de Mexico, ornée d'arcs de triomphe à la romaine, de colonnes rostrales, sous un ciel frémissant de toutes les flammes et banderoles, de tous les étendards, enseignes et drapeaux, vus jusqu'ici. Entrent en scène les captifs mexicains, chargés de chaînes, qui pleurent leur défaite ;

---

1. *Uchilobos* : Huitzilopochtli, dieu de la guerre chez les Aztèques : « Il avait le visage très large et les yeux difformes et épouvantables », écrit Bernal Díaz del Castillo, *op. cit.*

y cuando parece que habrá de asistirse a una nueva matanza, sucede lo imprevisto, lo increíble, lo maravilloso y absurdo, contrario a toda verdad : Hernán Cortés perdona a sus enemigos, y, para sellar la amistad entre aztecas y españoles, celébranse, en júbilos, vítores y aclamaciones, las bodas de Teutile y Ramiro, mientras el Emperador vencido jura eterna fidelidad al Rey de España, y el coro, sobre cuerdas y metales llevados en tiempo pomposo y a toda fuerza por el Maestro Vivaldi, canta la ventura de la paz recobrada, el triunfo de la Verdadera Religión y las dichas del Himeneo. Marcha, epitalamio y danza general, y *da capo*, y otro *da capo*, y otro *da capo*, hasta que se cierra el terciopelo encarnado sobre el furor del indiano. —« ¡Falso, falso, falso ; todo falso ! » — grita. Y gritando « falso, falso, falso, todo falso », corre hacia el preste pelirrojo, que termina de doblar sus partituras secándose el sudor con un gran pañuelo a cuadros. —« ¿ Falso… qué ? » —pregunta, atónito, el músico. —« Todo. Ese final es una estupidez. La Historia… » —« La ópera no es cosa de historiadores. » — « Pero… Nunca hubo tal emperatriz de México, ni tuvo Montezuma hija alguna que se casara con español. » —« Un momento, un momento —dice Antonio, con repentina irritación— : El poeta Alvise Giusti, autor de este " drama para música ", estudió la crónica de Solís, que en mucha estima tiene, por documentada y fidedigna,

et quand il semble qu'il faudra assister à un nouveau massacre, il se produit une chose imprévue, incroyable, merveilleuse et absurde, contraire à toute vérité : Hernán Cortés pardonne à ses ennemis, et, pour sceller l'amitié entre Aztèques et Espagnols, on célèbre, au milieu des réjouissances, des vivats et des acclamations, les noces de Teutile et de Ramiro, tandis que l'empereur vaincu jure fidélité éternelle au Roi d'Espagne, et que le chœur, au son des cordes et des cuivres dirigés sur un tempo solennel et à toute force par le Maître Vivaldi, chante le bonheur de la paix recouvrée, le triomphe de la Vraie Religion et les joies de l'Hyménée. Marche, épithalame et danse générale, et *da capo*, et un autre *da capo*, et encore un autre *da capo*, jusqu'à ce que tombe le velours rouge sur la fureur du créole. — « Faux, faux, faux ; tout est faux ! » crie-t-il. Et en criant « faux, faux, faux, tout est faux », il court vers le prêtre roux, qui achève de plier ses partitions en épongeant la sueur de son front avec un grand mouchoir à carreaux. — « Faux... Qu'y a-t-il de faux ? » — demande interloqué le musicien. — « Tout. Ce finale est une stupidité. L'Histoire... — « L'opéra n'est pas une affaire d'historiens. » — « Mais... Il n'y a jamais eu semblable impératrice du Mexique, et Montezuma n'a pas eu de fille qui épousât un Espagnol. » — « Un instant, un instant — dit Antonio, saisi d'une soudaine irritation : — Le poète Alvise Giusti [1], auteur de ce " drame musical ", a étudié la chronique de Solís, que tient en grande estime, parce qu'elle est documentée et digne de foi,

---

1. Alvise Giusti, auteur du livret de l'opéra *Montezuma*.

el bibliotecario mayor de la Marciana. Y ahí se habla de la Emperatriz, sí señor, mujer digna, animosa y valiente. » —« Nunca he visto eso. » —« Capítulo XXV de la Quinta Parte. Y también se dice, en la Parte Cuarta, que *dos o tres hijas* de Montezuma se casaron con españoles. Así que, una más, una menos... » —« ¿ Y ese dios *Uchilobos* ? » —« Yo no tengo la culpa de que tengan ustedes unos dioses con nombres imposibles. Los mismos Conquistadores, tratando de remedar el habla mexicana, lo llamaban *Huchilobos* o algo por el estilo. » —« Ya caigo : se trataba de Huitzilopochtli. » —« ¿ Y usted cree que hay modo de cantar *eso* ? Todo, en la crónica de Solís, es trabalenguas. Continuo trabalenguas : Iztlapalalpa, Goazocoalco, Xicalango, Tlaxcala, Magiscatzin, Qualpopoca, Xicotencatl... Me los he aprendido como ejercicio de articulación. Pero... ¿ a quién, carajo, se le habrá ocurrido inventar semejante idioma ? » —« ¿ Y ese Teutile, que se nos vuelve hembra ? » —« Tiene un nombre pronunciable, que puede darse a una mujer. » —« ¿ Y qué se hizo de Guatimozín, el héroe verdadero de todo esto ? » —« Hubiera roto la unidad de acción... Sería personaje para otro drama. » —« Pero... Montezuma fue lapidado. »

1. *La Marciana* : la bibliothèque de Saint-Marc, dont la construction avait été entreprise en 1473.
2. Voir plus haut note 8, page 23.
3. Selon Bernal Díaz del Castillo, les combattants indiens furieux de voir Montezuma collaborer selon eux avec les Espagnols (il était en fait leur prisonnier) et leur adresser la parole pour les calmer, « le dieron tres pedreadas, una en la cabeza, otra en un brazo y otra en una pierna » (chap. CXXVI, de son *Historia*

le bibliothécaire en chef de la *Marciana*[1]. On y parle de l'Impératrice, oui monsieur, femme digne, courageuse et vaillante. » — « Je n'ai jamais vu ça. » — « Chapitre XXV de la Cinquième Partie. Et l'on dit aussi, dans la Quatrième Partie, que deux ou trois filles de Montezuma épousèrent des Espagnols. Ainsi donc, une de plus, une de moins... » — « Et ce Dieu *Uchilobos ?* » — « Ce n'est pas de ma faute si vous avez des dieux qui portent des noms impossibles. Les Conquistadors eux-mêmes, essayant d'imiter le parler mexicain, l'appelaient *Huchilobos* ou quelque chose de ce genre! » — « J'y suis : il s'agissait de Huitzilopochtli. » — « Et vous croyez qu'il y a moyen de chanter *ça* ? Ce ne sont, dans la chronique de Solís, que noms à coucher dehors. Et à jet continu : Iztlapalalpa, Goazocoalco, Xicalango, Tlaxcala, Magiscatzin, Qualpopoca, Xicotencatl... J'ai appris ces noms comme exercice d'articulation. Mais, qui a pu avoir l'idée, merde, d'inventer une telle langue? » — « Et ce Teutile, qui devient femme? » — « Il a un nom prononçable, qui peut être donné à une femme. » — « Et qu'est devenu Guatimozin[2], le héros véritable de toute cette affaire? » — « Il aurait rompu l'unité d'action... Ce pourrait être un personnage pour un autre drame. » — « Mais... Montezuma fut lapidé[3]. »

verdadera...). Francisco López de Gómara, dans son *Historia general de las Indias* (Biblioteca de Autores españoles, p. 365), écrit que Montezuma étant monté sur une haute terrasse pour parler à ses vassaux, ceux-ci « tiraron tantas piedras de abajo y de las casas fronteras, que de una que le acertó en las sienes, le derribaron y mataron ». Suivant les Indiens, « ce furent les Espagnols eux-mêmes qui l'abattirent d'un coup d'épée dans le bas ventre » (Miguel León Portilla, *Le Crépuscule des Aztèques*, Casterman, 1965, p. 137).

—« Muy feo para un final de ópera. Bueno, si acaso, para los ingleses que terminan sus juegos escénicos con asesinatos, degollinas, marchas fúnebres y sepultureros. Aquí la gente viene al teatro a divertirse. » —« ¿ Y dónde metieron a Doña Marina, en toda esta mojiganga mexicana ? » —« La Malinche esa fue una cabrona traidora y el público no gusta de traidoras. Ninguna cantante nuestra habría aceptado semejante papel. Para ser grande y merecedora de música y aplausos, la india esa hubiese debido hacer lo de Judith con Holofernes. » —« Su Mitrena, sin embargo, reconoce la superioridad de los Conquistadores. » —« Pero es quien, hasta el final, anima una resistencia desesperada. Esos personajes siempre tienen éxito. » El indiano, aunque algo bajado de tono, seguía insistiendo : « La Historia nos dice... » — « No me joda con la Historia en materia de teatro. Lo que cuenta aquí es la ilusión poética... Mire, el famoso Monsieur Voltaire estrenó en París, hace poco, una tragedia donde se asiste a un idilio entre un Orosmán y una Zaira, personajes históricos que, de haber vivido cuando transcurre la acción, tendrían, él más de ochenta años, ella mucho más de noventa... » —« Ni con polvos de carey disueltos en aguardiente » —murmura Filomeno. —« ... Y ahí se habla de un incendio de Jerusalén por el Sultán Saladino, que es totalmente falso,

— « Affreux pour un finale d'opéra. Bon, à la rigueur, pour les Anglais qui terminent leurs jeux scéniques avec des assassinats, des tueries, des marches funèbres et des fossoyeurs. Ici les gens viennent au théâtre pour se divertir. » — « Et où a-t-on fourré Doña Marina dans cette mascarade mexicaine ? » — « La Malinche fut une foutue traîtresse et le public n'aime pas les traîtres. Aucune de nos chanteuses n'aurait accepté un tel rôle. Pour être grande et mériter musique et applaudissements, cette Indienne aurait dû faire le coup de Judith à Holopherne[1]. » — « Sa Mitrena, toutefois, reconnaît la supériorité des Conquistadors. » — « Mais c'est elle qui, jusqu'au dénouement, anime une résistance désespérée. Ces personnages-là ont toujours du succès. » Le créole, qui il est vrai avait un peu baissé le ton, continuait à insister : « L'Histoire nous dit... » — « Ne m'emmerdez pas avec l'Histoire en matière de théâtre. Ce qui compte ici c'est l'illusion poétique... Voyez donc, l'illustre monsieur Voltaire a fait jouer pour la première fois, à Paris, il y a peu, une tragédie où l'on assiste à une idylle entre un Orosman et une Zaïre, personnages historiques qui, s'ils avaient vécu au moment où se déroule l'action, auraient, lui plus de quatre-vingts ans, et elle beaucoup plus de quatre-vingt-dix... » — « Ce n'était pas possible même avec de la poudre d'écaille de caret dissoute dans l'eau-de-vie » — murmure Filomeno. — ... « Et l'on parle dans cette pièce d'un incendie de Jérusalem par le sultan Saladin, qui est totalement apocryphe,

---

1. Ce thème biblique était familier à Vivaldi, auteur de l'oratorio *Juditha Triumphans* exécuté en l'Eglise de la Pietà (1716). (Voir Roland de Candé, *Vivaldi, op. cit.*, p. 64-65.)

pues quienes, de verdad, saquearon la ciudad y pasaron la población a cuchillo fueron los Cruzados nuestros. Y fíjese que cuando se habla de los Santos Lugares, ahí sí que hay Historia. ¡Historia grande y respetable ! » —¿ Y, para usted, la Historia de América no es grande ni respetable ? » El Preste Músico metió su violín en un estuche forrado de raso fucsina : —« En América, todo es fábula : cuentos de Eldorados y Potosíes, ciudades fantasmas, esponjas que hablan, carneros de vellocino rojo, Amazonas con una teta de menos, y Orejones que se nutren de jesuitas... » Ahora volvía el indiano a irritarse : —« Si tanto le gustan las fábulas, ponga música al *Orlando Furioso*. » —« Ya está hecho : lo estrené hace seis años. » —« ¿ No me dirá que sacó en escena un Orlando que, en cueros, en pelota,

1. A l'origine de la légende de l'Eldorado se trouve le récit d'un Indien fait à Cundinamarca aux Espagnols selon lequel il était coutume pour les caciques de son pays « de jeter des joyaux et des pièces d'or en guise de sacrifices dans une lagune, où le Seigneur principal plongeait recouvert entièrement d'or en poudre ». Dès lors les expéditions se succédèrent pour aller à la recherche du roi ou du cacique doré. (Voir Constantino Báyle S.J., *El Dorado Fantasma,* publications del Consejo de la Hispanidad, Madrid, 1943.)
2. La ville de Potosi (Bolivie actuelle) au pied du *Cerro Rico* (4 739 m) fut fondée en 1546. La richesse inouïe des mines d'argent de Potosi est à l'origine de l'expression proverbiale *valer un Potosí,* équivalent de *Valer un Perú.* « Qui n'a pas vu Potosi n'a pas vu les Indes. Potosi est la richesse du monde, terreur du Turc, frein des ennemis de la foi et du renom des Espagnols, stupéfaction des hérétiques, silence des nations barbares. Toutes ces épithètes lui conviennent. Avec la richesse qui est sortie de Potosi, l'Italie, la France, les Flandres et l'Allemagne sont riches, et même le Turc possède dans son Trésor des barres d'argent de Potosi. » (Fray Reginaldo de Lizárraga ; *Descripción breve de todas las tierras del Perú, Tucumán, Río de la Plata y Chile,* Biblioteca de autores españoles, T. 15.)

car ce furent nos Croisés qui à la vérité mirent la ville à sac et passèrent la population au fil de l'épée. Ecoutez, quand on parle des Lieux Saints on est en plein dans l'Histoire. Une histoire grandiose et respectable ! » — « Et, pour vous, l'Histoire de l'Amérique n'est pas grandiose et respectable ? » Le Prêtre Musicien mit son violon dans son étui doublé de satin rouge fuchsine : — « Tout est fable en Amérique : contes des Eldorado [1] et des Potosi [2], villes fantômes, éponges qui parlent, moutons à toison rouge, Amazones [3] qui n'ont qu'un sein et Oreillons qui se régalent de Jésuites [4]... » Maintenant le créole se fâchait de nouveau : — « Si vous aimez tant les fables, mettez en musique le *Roland Furieux*. » — « C'est déjà fait : je l'ai joué pour la première fois il y a six ans [5] ! » — « Vous ne me direz pas que vous avez mis en scène un Roland qui, à poil, nu comme un ver,

---

3. La croyance en l'existence des Amazones est inséparable du mythe de l'Eldorado, car engendrée par les expéditions provoquées par la recherche de ce dernier. C'étaient des femmes guerrières, souvent avec un seul sein (pour mieux tirer les flèches), etc. (Voir Constantino Bayle, *El Dorado Fantasma, op. cit.*, p. 184 sq.)

4. « A leur réveil, ils sentirent qu'ils ne pouvaient remuer ; la raison en était que pendant la nuit les Oreillons, habitants du pays à qui les deux dames les avaient dénoncés, les avaient garrottés avec des cordes d'écorces d'arbres. Ils étaient entourés d'une cinquantaine d'Oreillons tout nus, armés de flèches, de massues, et de haches de caillou : les uns faisaient bouillir une grande chaudière, les autres préparaient des broches, et tous criaient : " C'est un jésuite, c'est un jésuite ! nous serons vengés et nous ferons bonne chère ; mangeons du jésuite, mangeons du jésuite ! " » (Voltaire, *Candide*, chap. XVI.)

5. L'*Orlando Furioso*, opéra de Vivaldi, fut créé à Venise (théâtre Sant'Angelo) à l'automne 1727. « L'un des meilleurs opéras de Vivaldi, avec Annina dans le rôle d'Alcina. » (Roland de Candé, *Vivaldi, op. cit.*)

cruza toda Francia y España, con los cojones al aire, antes de pasar a nado el Mar Mediterráneo e irse a la Luna, así, como quien no hace nada? »... —« No hablen más mierdas » —dijo Filomeno, muy interesado al observar que en el escenario, abandonado por los maquinistas, la Signora Pircher (Teutile) y la Signora Zanuchi (Ramiro), ya desmaquilladas y vestidas para irse a la calle, se estrechaban en un harto apretado abrazo, felicitándose, acaso con demasiados besos, por lo bien —ésa era la verdad— que habían cantado las dos. —« ¿Tribadismo? » —preguntó el indiano, acudiendo a la más fina palabra que en aquel instante pudiese expresar sus sospechas. —« ¡A quién le importa eso! —exclamó el Preste, respondiendo, con repentina prisa por marcharse, a una impaciente llamada de la guapa Anna Giró que había aparecido, pero ahora sin realce de luces y tramoya, al fondo del escenario— : Siento que no les haya gustado mi ópera... Otra vez trataré de conseguirme un asunto más romano »... Afuera, los « mori » del Orologio acababan de martillar las seis, entre palomas ya dormidas y neblinosas garúas que, resubidas de los canales, ocultaban los esmaltes y oros de su reloj.

traverse toute la France et toute l'Espagne, les couilles à l'air, avant de franchir à la nage la Mer Méditerranée et de partir pour la Lune, comme qui badine ? » — « Trêve de conneries » — dit Filomeno, observant avec un très grand intérêt que sur la scène abandonnée par les machinistes, la Signora Pircher (Teutile) et la Signora Zanuchi (Ramiro) à présent démaquillées et en tenue de ville, se serraient l'une contre l'autre en une étreinte des plus étroites, se félicitant, peut-être en se donnant un trop grand nombre de baisers, parce qu'elles avaient toutes les deux bien chanté — ce qui était vrai. — « Tribadisme ? » — demanda le créole, faisant appel au mot le plus raffiné qui pût en cet instant exprimer ses soupçons. — « Qui se soucie de ça ! — s'écria le Prêtre, répondant, soudain pressé de s'en aller, à un appel impatient de la belle Anna Giraud qui venait d'apparaître au fond de la scène, mais maintenant sans les feux et les décors qui rehaussaient ses appas — : Je regrette que vous n'ayez pas aimé mon opéra... J'essaierai une autre fois de choisir un sujet plus romain... » Au-dehors, les *Mori* de l'Horloge achevaient de marteler six heures, parmi les pigeons déjà endormis et des gouttelettes de brume qui montant des canaux, voilaient les émaux et les ors de l'Horloge.

VIII

Bajo la tenue llovizna que daba un cierto olor de establo al paño de los abrigos, andaba el indiano, ceñudo, metido en sí mismo, con los ojos puestos en el suelo, como contando los adoquines de la calle —azulados por las luces municipales. Sus pensamientos no acababan de exteriorizarse en un quedo murmullo, de labios para adentro, que le quedaba a medio camino entre la idea y la palabra. —« ¿Por qué he de verlo como agobiado por la representación en música que acabamos de ver? » —le pregunta Filomeno. —« No sé —dice al fin el otro, dejando de malgastar la voz en soliloquios ininteligibles— : El Preste Antonio me ha dado mucho que pensar con su extravagante ópera mexicana. Nieto soy de gente nacida en Colmenar de Oreja y Villamanrique del Tajo, hijo de extremeño bautizado en Medellín, como lo fue Hernán Cortés. Y sin embargo hoy, esta tarde, hace un momento, me ocurrió algo muy raro : mientras más iba corriendo la música del Vilvadi y me dejaba llevar por las peripecias de la acción que la ilustraba, más era mi deseo de que triunfaran los mexicanos,

... car elle sonnera la trompette...
Saint Paul :
Première épître aux Corinthiens.

VIII

Sous la bruine ténue qui donnait comme une odeur
d'étable au drap des manteaux, le créole des Indes
marchait, renfrogné, absorbé en lui-même, le regard
fixé au sol comme s'il comptait les pavés de la rue —
bleuis par l'éclairage municipal. Ses pensées n'en
finissaient pas de s'extérioriser en un doux murmure
intime, qui demeurait à mi-chemin entre l'idée et la
parole. — « Pourquoi dois-je vous voir comme accablé
par la représentation en musique que nous venons de
voir ? » — lui demande Filomeno. — « Je ne sais pas
— répond finalement l'autre cessant de fatiguer sa voix
dans d'inintelligibles soliloques — : le Prêtre Antonio
m'a bien donné à penser avec son extravagant opéra
mexicain. Je suis le petit-fils d'Espagnols qui virent le
jour à Colmenar de Oreja et Villamanrique del Tajo,
fils d'Estremègne baptisé à Medellín, comme Hernán
Cortés. Et pourtant aujourd'hui, cet après-midi, il y a
un instant, il m'est arrivé quelque chose de très
bizarre : plus se déroulait la musique de Vivaldi, plus
je me laissais porter par les péripéties de l'action qui
l'illustrait, et plus vif était mon désir de voir triompher
les Mexicains ;

en anhelo de un imposible desenlace, pues mejor que nadie podía saber yo, nacido allá, cómo ocurrieron las cosas. Me sorprendí, a mí mismo, en la aviesa espera de que Montezuma venciera la arrogancia del español y de que su hija, tal la heroína bíblica, degollara al supuesto Ramiro. Y me di cuenta, de pronto, que estaba en el bando de los americanos, blandiendo los mismos arcos y deseando la ruina de aquellos que me dieron sangre y apellido. De haber sido el Quijote del Retablo de Maese Pedro, habría arremetido, a lanza y adarga, contra las gentes mías, de cota y morrión. » —« ¿Y qué se busca con la ilusión escénica, si no sacarnos de donde estamos para llevarnos a donde no podríamos llegar por propia voluntad ? — pregunta Filomeno— : Gracias al teatro podemos remontarnos en el tiempo y vivir, cosa imposible para nuestra carne presente, en épocas por siempre idas. » —« También sirve —y esto lo escribió un filósofo antiguo— para purgarnos de desasosiegos ocultos en lo más hondo y recóndito de nuestro ser... Ante la América de artificio del mal poeta Giusti, dejé de sentirme espectador para volverme actor. Celos tuve del Massimiliano Miler, por llevar un traje de Montezuma que, de repente, se hizo tremendamente mío. Me parecía que el cantante estuviese representando un papel que me fuera asignado, y que yo, por blando, por pendejo, hubiese sido incapaz de asumir.

je souhaitais ardemment un dénouement impossible, car je savais mieux que personne, moi qui suis né là-bas, comment les choses se sont passées. Je me suis surpris, moi-même, dans l'espoir pervers de voir Montezuma vaincre l'arrogance de l'Espagnol et sa fille, telle l'héroïne biblique, égorger le soi-disant Ramiro. Et je me suis rendu compte, soudain, que j'étais du parti des Américains, brandissant les mêmes arcs, et souhaitant la ruine de ceux qui m'ont donné mon sang et mon nom. Si j'avais été le Quichotte du Retable de Maître Pierre, j'aurais foncé, avec ma lance et mon bouclier, contre ceux de ma race, qui portaient cotte de mailles et morion. » — « Que cherche-t-on avec l'illusion scénique, si ce n'est nous faire oublier le monde où nous vivons pour nous transporter là où nous ne pourrions parvenir par notre propre volonté? — demande Filomeno — : Grâce au théâtre nous pouvons remonter le cours du temps et vivre, chose impossible pour nous, hommes d'aujourd'hui, en des époques à jamais révolues. » — « Il sert aussi, et cela un philosophe de l'Antiquité l'a écrit, à nous purger d'angoisses cachées au plus profond et au plus secret de nos êtres... Devant l'Amérique factice du mauvais poète Giusti[1] j'ai cessé de me sentir spectateur pour devenir acteur. J'ai été jaloux de Massimiliano Miler, parce qu'il portait le costume de Montezuma qui, soudain, m'a semblé coller terriblement à ma peau. J'avais l'impression que le chanteur jouait un rôle qui m'avait été assigné, et que moi, par mollesse, par veulerie, j'avais été incapable d'assumer.

1. Alvise Giusti, l'auteur du livret de l'opéra *Montezuma* de Vivaldi.

Y, de pronto, me sentí como fuera de situación, exótico en este lugar, fuera de sitio, lejos de mí mismo y de cuanto es realmente mío... *A veces es necesario alejarse de las cosas*, poner un mar de por medio, *para ver las cosas de cerca.* » En aquel momento martillaron, como lo venían haciendo desde hacía siglos, los « mori » del Orologio. —« Ya me jode esta ciudad, con sus canales y gondoleros. Ya me he tirado a la Ancilla, la Camilla, la Zulietta, la Angeletta, la Catina, la Faustolla, la Spina, la Agatina, y otras muchas cuyos nombres he olvidado —¡y basta! Regreso a lo mío esta misma noche. Para mí es otro el aire que, al envolverme, me esculpe y me da forma. » —« Según el Preste Antonio, todo lo *de allá* es fábula. » —« De fábulas se alimenta la Gran Historia, no te olvides de ello. Fábula parece lo nuestro a las gentes *de acá* porque han perdido el sentido de lo fabuloso. Llaman *fabuloso* cuanto es remoto, irracional, situado en el ayer —marcó el indiano una pausa— : No entienden que lo fabuloso está en el futuro. Todo futuro es fabuloso » ...Andaban, ahora, por la alegre Calle de la Mercería, menos animada que otras veces, a causa de la llovizna que ya, de tanto caer, comenzaba a gotear del ala de los sombreros. El indiano recordó entonces los encargos que, la víspera de su viaje, le habían hecho, allá en Coyoacán,

1. « Qui pis est, il me faudra me séparer de mes chères Ancilla, Camilla, Faustolla, Zulietta, Angeletta, Catina, Spina, Agatina et de cent mille autres choses en *a* plus jolies les unes que les autres. » (De Brosses, *op. cit.*, lettre à M. de Blancey, 29 août 1739.)
2. « Todas las cosas que han acaecido en las Indias... han sido tan admirables y tan no creybles en todo género a quien no las vido, que parece haber añublado y puesto en silencio quantas por

166

Et, tout à coup, je me suis senti comme étranger à la pièce, exotique en ce lieu, hors-jeu, loin de moi-même et de tout ce qui réellement m'appartient... *Il est nécessaire parfois de prendre des distances*, de mettre un océan entre les choses et soi, *pour voir celles-ci de près.* » A ce moment, les *Mori* de l'Horloge martelèrent les heures comme ils le faisaient depuis des siècles. — « Cette ville m'emmerde, avec ses canaux et ses gondoliers. Je me suis envoyé l'Ancilla, la Camilla, la Zulietta, la Angeletta, la Catina, la Faustolla, la Spina, la Agatina, et bien d'autres dont j'ai oublié les noms — et cela suffit [1] ! Je retourne ce soir même auprès des miens. Pour moi, l'air qui, en m'enveloppant, me sculpte, me donne forme, est différent. » — « Selon le Prêtre Antonio, tout *là-bas* est fable [2]. » — « La Grande Histoire se nourrit de fables, ne l'oublie pas. La vie de chez nous donne aux gens d'*ici* l'impression d'être une fable parce qu'ils ont perdu le sens du fabuleux ; Ils appellent *fabuleux* tout ce qui est lointain, irrationnel, situé dans le passé — le créole marqua une pause — : Ils ne comprennent pas que le fabuleux réside dans l'avenir. Tout avenir est fabuleux... » Ils marchaient, à présent, dans la joyeuse rue de la Mercerie, moins animée que d'autres fois, à cause de la bruine, si tenace que des gouttelettes tombaient du bord des chapeaux. Le créole se rappela alors les commissions dont, la veille de son départ, l'avaient chargé, là-bas à Coyoacán,

hazañosas que fuessen en los siglos pasados se vieron y oyeron en el mundo. » (Bartolomé de las Casas, *Brevísima relación de la destrucción de las Indias*, Proemio cité in *El Dorado Fantasma, op. cit.* Voir cet ouvrage p. 179-184, sur les fables et merveilles du Nouveau Monde, auxquelles il faut ajouter les deux plus répandues, l'Eldorado et les Amazones.)

sus amigos y contertulios. Nunca había pensado, desde luego, en reunir las solicitadas muestras de mármoles, el bastón de ámbar polonés, el raro infolio del estacionario caldeo, ni quería lastrar su equipaje con barrilillos de marrasquino ni monedas romanas. En cuanto a la mandolina incrustada de nácar... ¡que la tocara la hija del inspector de pesas y medidas en su propia carne, que bien templada y afinada para eso la tenía! Pero ahí, en aquella tienda de música, debían hallarse las sonatas, los conciertos, los oratorios, que bien modestamente le pidiera el maestro de cantar y tañer del pobre Francisquillo. Entraron. El vendedor les trajo, para empezar, unas sonatas de Doménico Scarlatti : —« Rico tipo » —dijo Filomeno, recordando la noche aquella. —« Dicen que está en España el muy cabrón, donde ha conseguido que la Infanta María Bárbara, generosa y querendona, corra con sus deudas de juego, que le seguirán creciendo mientras quede una baraja en mesa de coime. » —« Cada cual tiene sus debilidades. Porque, a éste, le ha dado siempre por las mujeres » —dijo Filomeno, señalando unos conciertos del Preste Antonio, titulados « Primavera », « Estío », « Otoño », « Invierno », cada uno encabezado —explicado— por un lindo soneto. —« Ése vivirá siempre en primavera, aunque lo agarre el invierno » —dijo el indiano. Pero, ahora, pregonaba el hortera los méritos de un muy notable oratorio :

ses amis et les habitués de son cercle. Il n'avait jamais pensé, naturellement, à se procurer les échantillons demandés de marbres, la canne en ambre de Pologne, le rare in-folio du bibliothécaire chaldéen, et il ne voulait pas charger ses bagages de tonnelets de marasquin ni de monnaies romaines. Quant à la mandoline incrustée de nacre... que la fille du contrôleur des poids et mesures en jouât sur son propre corps qui pour ça était bien accordé! Mais là, chez ce marchand de musique, on devait trouver les sonates, les concertos, les oratorios que lui avait bien modestement demandés le maître de chant et de musique du pauvre Francisquillo. Ils entrèrent. Le vendeur leur apporta, pour commencer, des sonates de Domenico Scarlatti : — « C'est un type formidable » — dit Filomeno, se souvenant de la fameuse soirée. — « On dit que ce sacré cornard est en Espagne, où il a obtenu que l'Infante María Bárbara, qui est généreuse et a facilement le cœur tendre, paie ses dettes de jeu qui ne cesseront d'augmenter tant qu'il restera un jeu de cartes sur une table de tenancier de tripot. » « — Chacun a ses faiblesses. Celui-ci par exemple, a toujours eu un faible pour les femmes » — dit Filomeno, en montrant des concertos du Prêtre Antonio, intitulés « Printemps », « Eté », « Automne », « Hiver », chacun précédé — expliqué — par un joli sonnet. — « En voilà un qui vivra toujours au printemps, même si l'hiver le prend à la gorge » — dit le créole. Mais voici que le commis proclamait les mérites d'un très remarquable oratorio :

« *El Mesías.* » —« ¡Nada menos! —exclamó Filomeno— : El sajón ese no trabaja en talla inferior. » Abrió la partitura : —« ¡Carajo! ¡Esto se llama escribir para la trompeta! De aquí a que yo pueda tocar esto. » Y leía y releía, con admiración, el aria de bajo, escrita por Jorge Federico sobre dos versículos de la Epístola a los Corintios. —« Y, sobre notas que sólo un ejecutante de primera fuerza podría sacar de su instrumento, estas palabras que parecen cosa de *spiritual* :

> *The trumpet shall sound*
> *and the dead shall be raised*
> *incorruptible, incorruptible,*
> *and we shall be. changed,*
> *and we shall be changed!*
> *The trumpet shall sound,*
> *the trumpet shall sound!* »

Recogido el equipaje, guardadas las músicas en una petaca de sólido cuero que ostentaba el adorno de un calendario azteca, se encaminaron, el indiano y el negro, a la estación del ferrocarril. Faltando minutos para la salida del expreso, se asomó el viajero a la ventanilla de su compartimiento de los *Wagons-Lits-Cook* : « Siento que te quedes » —dijo a Filomeno que, algo escalofriado por la humedad, esperaba en el andén. —« Me quedo un día más. Para mí, lo de esta noche, es oportunidad única. »

« Le Messie [1] » — « Rien de moins ! s'écria Filomeno :
Ce Saxon-là ne travaille pas dans les petits modèles. »
Il ouvrit la partition : — « Putain ! Voilà qui s'appelle
écrire pour la trompette ! Avant que je puisse jouer
ça ! » Et il lisait, et relisait, avec admiration, l'aria
pour basse, écrite par Georg Friedrich sur deux versets
de l'Epître aux Corinthiens. — « Et, sur des notes que
seul un exécutant de première force pourrait tirer de
son instrument, ces mots qui ressemblent au texte d'un
spiritual :

> *The trumpet shall sound*
> *and the dead shall be raised*
> *incorruptible, incorruptible,*
> *and we shall be changed,*
> *and we shall be changed !*
> *The trumpet shall sound,*
> *the trumpet shall sound !*

Une fois les bagages rassemblés, les partitions mises
à l'abri dans une malle de cuir solide qui exhibait
l'ornement d'un calendrier aztèque, le créole des Indes
et le noir s'acheminèrent vers la gare des Chemins de
fer. Comme il manquait quelques minutes avant le
départ de l'express, le voyageur se pencha à la fenêtre
de son compartiment des *Wagons-Lits Cook* : « Je
regrette que tu restes » — dit-il à Filomeno qui,
frissonnant un peu à cause de l'humidité, attendait sur
le quai. — « Je reste un jour de plus. Pour moi,
l'événement de ce soir est une occasion unique... »

---

1. *Le Messie,* l'un des oratorios composés par Haendel. (Voir
Lucien Rebatet, *Une histoire de la musique, op. cit.,* p. 251-59.)

—« Me lo imagino... ¿Cuándo volverás a tu país? »
—« No lo sé. Por lo pronto, iré a París. » —« ¿Las
hembras? ¿La Torre Eiffel? » —« No. Hembras hay
en todas partes. Y la Torre Eiffel ha dejado, desde hace
tiempo, de ser un portento. Asunto para pisapapel, si
acaso. » —« ¿Entonces? » —« En París me llamarán
Monsieur Philomène, así, con P. H. y un hermoso
acento grave en la " e ". En La Habana, sólo sería " el
negrito Filomeno ". » —« Eso cambiará algún día. »
—« Se necesitaría una revolución. » —« Yo desconfío
de las revoluciones. » —« Porque tiene mucha plata,
allá en Coyoacán. Y los que tienen plata no aman las
revoluciones... Mientras que los *yos,* que somos
muchos y seremos *mases* cada día »... Martillaron una
vez más —¿y cuántas veces, en siglos y siglos?— los
« mori » del Orologio. —« Acaso los oigo por última
vez —dijo el indiano— : Mucho aprendí con ellos en
este viaje. » —« Es que mucho se aprende viajando. »
—« Basilio, el gran capadocio, santo y doctor de la
Iglesia, afirmó, en un raro tratado, que Moisés había
sacado mucha ciencia de su vida en Egipto y que si
Daniel resultó tan buen intérprete de sueños —¡y con
lo que gusta eso ahora! —fue porque mucho le
enseñaron los magos de la Caldea. » —« Saque usted
provecho de lo suyo —dijo Filomeno—, que yo me
ocuparé de mi trompeta. » —« Quedas bien acompa-
ñado : la trompeta es activa y resuelta. Instrumento de
malas pulgas y palabras mayores. »

— « Je l'imagine... Quand retourneras-tu dans ton pays ? » — « Je ne sais pas. Pour le moment, j'irai à Paris. » — « Les femmes ? La Tour Eiffel. » — « Non. Des femmes il y en a partout. Et la Tour Eiffel a cessé, depuis longtemps, d'être un prodige. Modèle de presse-papiers, à la rigueur. » — « Alors ? » — « A Paris on m'appellera *Monsieur Philomène*, avec P.H. et un bel accent grave sur le " e ". A La Havane, je ne serais que le " négro " Philomène. » — « Ça changera un jour. » — « Il faudrait une révolution. » — « Je me défie des révolutions. » — « Parce que vous avez beaucoup d'argent, là-bas à Coyoacán. Et ceux qui ont de l'argent n'aiment pas les révolutions... Tandis que les gens comme *bibi*, qui sommes nombreux et le serons toujours plus... » Les *Mori* de l'Horloge mirent en branle une fois de plus leurs marteaux — combien de fois l'avaient-ils fait, au cours des siècles ? — « Je les entends peut-être pour la dernière fois — dit le créole — : J'ai beaucoup appris d'eux pendant ce voyage. » — « C'est qu'on apprend beaucoup en voyageant. » — « Basile, le grand Cappadocien, saint et docteur de l'église, a affirmé, dans un curieux traité, que Moïse s'était beaucoup instruit pendant sa vie en Egypte et que si Daniel était devenu un si bon interprète des songes — on raffole à présent de cet art ! — c'est parce que les mages de la Chaldée lui avaient beaucoup appris. » — « Tirez parti de votre propre expérience — dit Filomeno —, et moi je m'occuperai de ma trompette. » — « Tu es en bonne compagnie : la trompette est pleine d'entrain et d'énergie. C'est un instrument d'humeur ombrageuse et qui dit de gros mots. »

—« Por ello es que suena tanto en Juicios de Gran Intancia, a la hora de ajustar cuentas a cabrones e hijos de puta » —dijo el negro. —« Para que ésos se acaben habrá que esperar el Fin de los Tiempos » —dijo el indiano. —« Es raro —dijo el negro— : Siempre oigo hablar del Fin de los Tiempos. ¿Por qué no se habla, mejor, del Comienzo de los Tiempos? » —« Ése, será el Día de la Resurrección » —dijo el indiano. —« No tengo tiempo para esperar tanto tiempo » —dijo el negro... La aguja grande del reloj de entrevías saltó el segundo que lo separaba de las 8 p.m. El tren comenzó a deslizarse casi inperceptiblemente, hacia la noche. —« ¡Adiós! » —« ¿Hasta cuándo? » —« ¿Hasta mañana? » —« O hasta ayer... » —dijo el negro, aunque la palabra « ayer » se perdió en un largo silbido de la locomotora... Se volvió Filomeno hacia las luces, y parecióle, de pronto, que la ciudad había envejecido enormemente. Salíanle arrugas en las caras de sus paredes cansadas, fisuradas, resquebrajadas, manchadas por las herpes y los hongos anteriores al hombre, que empezaron a roer las cosas no bien éstas fueron creadas. Los campaniles, caballos griegos, pilastras siriacas, mosaicos, cúpulas y emblemas, harto mostrados en carteles que andaban por el mundo para atraer a las gentes de *travellers checks*, habían perdido, en esa multiplicación de imágenes, el prestigio de aquellos Santos Lugares que exigen, a quien pueda contemplarlos, la prueba de viajes erizados de obstáculos y de peligros. Parecía que el nivel de las aguas hubiese subido.

— « Voilà pourquoi elle retentit si fort lors des Jugements de Grande Instance, au moment de régler leurs comptes aux salopards et fils de pute » — dit le noir. — « Pour que cette engeance disparaisse il faudra attendre la Fin des Temps » — dit le créole. — « C'est bizarre — dit le noir — : J'entends toujours parler de la Fin des Temps. Pourquoi ne parle-t-on pas, plutôt, du Commencement des Temps ? » — « Ce sera le jour de la Résurrection » — dit le créole. — « Je n'ai pas le loisir d'attendre si longtemps » — dit le noir... La grande aiguille de l'horloge de l'entrevoie sauta la seconde qui la séparait de huit heures du soir. Le train commença à glisser presque imperceptiblement, vers la nuit. — « Adieu ! » — « Jusqu'à quand ? » — « A demain ? » — « Ou à hier... » — dit le noir, mais le mot « hier » se perdit dans un long sifflement de la locomotive... Filomeno se tourna vers les lumières, et il lui sembla, tout à coup, que la ville avait énormément vieilli. Des rides apparaissaient sur le visage de ses murs fatigués, fissurés, crevassés, souillés par l'herpès et les champignons antérieurs à l'homme, qui avaient commencé à ronger les choses dès le premier instant de leur création. Les campaniles, les chevaux grecs, les pilastres syriaques, les mosaïques, les coupoles et les emblèmes, qui illustraient à profusion les affiches répandues dans le monde entier pour attirer les porteurs de *travellers checks,* avaient perdu, dans cette multiplication d'images, le prestige de ces Lieux Saints qui exigent de ceux qui peuvent les contempler, l'épreuve de voyages hérissés d'obstacles et de périls. On avait l'impression que le niveau des eaux avait monté.

Acrecía el paso de las lanchas de motor la agresividad de olas mínimas, pero empeñosas y constantes, que se rompían sobre los pilotajes, patas de palo y muletas, que todavía alzaban sus mansiones, efímeramente alegradas, aquí, allá, por maquillajes de albañilería y operaciones plásticas de arquitectos modernos. Venecia parecía hundirse, de hora en hora, en sus aguas turbias y revueltas. Una gran tristeza se cernía, aquella noche, sobre la ciudad enferma y socavada. Pero Filomeno no estaba triste. Nunca estaba triste. Esta noche, dentro de media hora, sería el Concierto —el tan esperado concierto de quien hacía vibrar la trompeta como el Dios de Zacarías, el Señor de Isaías, o como lo reclamaba el coro del más jubiloso salmo de las Escrituras. Y como tenía muchas tareas que cumplir todavía dondequiera que una música se definiera en valores de ritmo fue, con paso ligero, hacia la sala de conciertos cuyos carteles anunciaban que, dentro de un momento, empezaría a sonar el cobre impar de Louis Armstrong. Y parecíale a Filomeno que, al fin y al cabo, lo único vivo, actual, proyectado, asaeteado hacia el futuro, que para él quedaba en esta ciudad lacustre, era el ritmo, los ritmos, a la vez elementales y pitagóricos, presentes acá abajo, inexistentes en otros lugares donde los hombres habían comprobado —muy recientemente, por cierto— que las esferas no tenían más músicas que las de sus propias esferas, monótono contrapunto de geometrías rotatorias, ya que los atribulados habitantes de esta Tierra, al haberse encaramado a la luna divinizada del Egipto, de Súmer y de Babilonia, sólo habían hallado en ella un basurero sideral de piedras inservibles,

Le passage des barques à moteur augmentait l'agressivité de vaguelettes courtes, mais tenaces et régulières, qui se brisaient sur les pilotis, les jambes de bois et les béquilles qui étayaient encore les demeures, momentanément égayées, de-ci, de-là, par les maquillages de maçonnerie et des opérations plastiques de modernes architectes. Venise semblait s'enfoncer, d'heure en heure, dans ses eaux troubles et houleuses. Une grande tristesse planait, ce soir-là, sur la ville malade et minée. Mais Filomeno n'était pas triste. Il n'était jamais triste. Ce soir même, dans une demi-heure, ce serait le Concert — le concert tant attendu de celui qui faisait vibrer la trompette comme le Dieu de Zacharie, le Seigneur d'Isaïe, ou comme l'exigeait le chœur du plus joyeux psaume des Ecritures. Et comme il avait force tâches à accomplir encore partout où une musique se définissait en valeurs de rythme, il se dirigea d'un pas léger vers la salle de concert dont les affiches annonçaient que, dans un instant, commencerait à retentir le cuivre incomparable de Louis Armstrong. Et Filomeno se prenait à penser qu'en fin de compte, la seule chose vivante, actuelle, projetée comme une flèche vers l'avenir, qui lui restât dans cette cité lacustre, c'était le rythme, les rythmes, à la fois élémentaires et pythagoriques, présents ici-bas, inexistants dans d'autres lieux où les hommes avaient constaté — très récemment, certes — que les sphères n'avaient d'autres musiques que celles de leurs propres sphères, monotone contrepoint de géométries rotatoires ; en effet, quand les habitants angoissés de cette Terre étaient montés sur la lune divinisée de l'Egypte, de Sumer et de Babylone, ils n'y avaient trouvé qu'une décharge sidérale de pierres inutilisables,

un rastro rocalloso y polvoriento, anunciadores de otros rastros mayores, puestos en órbitas más lejanas, ya mostrados en imágenes reveladas y reveladoras de que, en fin de cuentas, la Tierra esta, bastante jodida a ratos, no era ni tan mierda ni tan indigna de agradecimiento como decían algunos —que era, dijérase lo que se dijera, la Casa más habitable del Sistema— y que el Hombre que conocíamos, muy maldito y fregado en su género, sin más gentes con quienes medirse en su ruleta de mecánicas solares (acaso Elegido por ello, nada demostraba lo contrario) no tenía mejor tarea que entenderse con sus asuntos personales. Que buscara la solución de sus problemas en los Hierros de Ogún o en los caminos de Eleguá, en el Arca de la Alianza o en la Expulsión de los Mercaderes, en el gran bazar platónico de las Ideas y artículos de consumo o en la apuesta famosa de *Pascal & Co. Aseguradores*, en la Palabra o en la Tea —eso, era cosa suya. Filomeno, por lo pronto, se las entendía con la música terrenal —que a él, la música de las esferas, lo tenía sin cuidado. Presentó su *ticket* a la entrada del teatro, lo condujo a su butaca una acomodadora de nalgas extraordinarias —el negro lo veía todo con singular percepción de lo inmediato y palpable— y apareció en truenos, grandes truenos que lo eran de aplausos y exultación, el prodigioso Louis. Y, embocando la trompeta, atacó, como él sólo sabía hacerlo,

un vestige rocailleux et poussiéreux, annonciateurs d'autres vestiges plus importants, placés sur des orbites plus lointaines, déjà montrés sur des images révélées et révélatrices de ce que, finalement, notre Terre, assez emmerdante parfois, n'était ni aussi indigne de gratitude, ni le fumier que certains disaient — car elle était, quoi qu'on en dise, la Demeure la plus habitable du Système — et l'Homme que nous connaissions, exécré et maltraité dans son espèce, n'ayant personne d'autre à qui se mesurer sur sa roulette aux mécaniques solaires (peut-être de ce fait Elu, rien ne prouvait le contraire) n'avait de tâche plus importante que de se débrouiller avec ses affaires personnelles. Qu'il cherchât la solution de ses problèmes dans les Fers d'Ogún [1] ou les chemins d'Eleguá [2], ou l'Arche de l'Alliance ou l'Expulsion des Marchands, dans le grand bazar platonicien des Idées et articles de consommation ou le fameux pari de *Pascal and Co, Assureurs,* dans la Parole ou le Flambeau, cela, c'était son affaire. Filomeno, pour le moment, faisait bon ménage avec la musique terrestre — car quant à lui, la musique des sphères le laissait indifférent. Il présenta son billet à l'entrée du théâtre, une ouvreuse aux fesses phénoménales le conduisit à son fauteuil — le nègre voyait toutes choses avec une singulière perception de ce qui est immédiat et palpable — et le prodigieux Louis apparut au milieu d'un tonnerre, d'un formidable tonnerre d'applaudissements délirants. Et, embouchant la trompette, il attaqua, comme lui seul savait le faire,

1. *Ogún* : Divinité yoruba du fer et du feu.
2. Eleguá : le « maître des chemins », dieu yoruba qui garde les accès des routes et des carrefours.

la melodía de *Go down Moses*, antes de pasar a la de *Jonah and the Whale*, alzada por el pabellón de cobre hacia los cielos del teatro donde volaban, inmovilizados en un tránsito de su vuelo, los rosados ministriles de una angélica canturia, debida, acaso, a los claros pinceles de Tiépolo. Y la Biblia volvió a hacerse ritmo y habitar entre nosotros con *Ezekiel and the Wheel*, antes de desembocar en un *Hallelujah, Hallelujah*, que evocó, para Filomeno, de repente, la persona de Aquel —el Jorge Federico de *aquella noche*— que descansaba, bajo una abarrocada estatua de Roubiliac, en el gran Club de los Mármoles de la Abadía de Westminster, junto al Purcell que tanto sabía, también, de místicas y triunfales trompetas. Y concertábanse ya en nueva ejecución, tras del virtuoso, los instrumentos reunidos en el escenario : saxofones, clarinetes, contrabajo, guitarra eléctrica, tambores cubanos, maracas (¿no serían, acaso, aquellas « tipinaguas » mentadas alguna vez por el poeta Balboa ?), címbalos, maderas chocadas en mano a mano que sonaban a martillos de platería, cajas destimbradas, escobillas de flecos, címbalos y triángulos-sistros, y el piano de tapa levantada que ni se acordaba de haberse llamado, en otros tiempos, algo así como « un clave bien temperado ». —« El profeta Daniel, ése, que tanto había aprendido en Caldea, habló de una orquesta de cobres, salterio, cítara, arpas y sambucas, que mucho debió parecerse a ésta », pensó Filomeno... Pero ahora reventaban todos, tras de la trompeta de Louis Armstrong, en un enérgico *strike-up* de deslumbrantes variaciones sobre el tema de *I Can't Give You Anything But Love, Baby* —

la mélodie de *Go down Moses,* avant de passer à celle de
Jonah and the Whale, élevée par le pavillon de cuivre vers
les ciels du théâtre où volaient, immobilisés en un
point de leur essor, les roses ménestrels d'une mané-
canterie angélique, due peut-être aux clairs pinceaux
de Tiepolo. Et la Bible redevint rythme et habita de
nouveau parmi nous avec *Ezekiel and the Wheel,* avant
de déboucher sur un *Hallelujah, Hallelujah,* qui évoqua
soudain pour Filomeno le personnage de Celui — le
Georg Friedrich de *cette nuit-là* — qui reposait, sous une
statue baroque de Roubiliac, dans le grand Club des
Marbres de l'Abbaye de Westminster, à côté de
Purcell qui lui aussi s'y connaissait si bien en trompettes mystiques et triomphales. Et déjà s'accordaient
pour une nouvelle exécution, derrière le virtuose, les
instruments réunis sur la scène : saxophones, clari-
nettes, contrebasse, guitare électrique, tambours
cubains, maracas (ne s'agirait-il pas par hasard de ces
« tipinaguas » (sonnailles indiennes) mentionnées une
fois par le poète Balboa ?), cymbales, bois heurtés l'un
contre l'autre qui sonnaient comme marteaux d'orfèvre, caisses détimbrées, balais à franges, cymbales et
triangles-sistres, et le piano au couvercle levé qui ne se
souvenait même plus de s'être appelé, autrefois, quelque chose comme « un clavecin bien tempéré ». —
« Le prophète Daniel, celui qui avait tant appris en
Chaldée, a parlé d'un orchestre de cuivres, psaltérion,
cythare, harpes et sambuques, qui dut ressembler
beaucoup à celui-ci » se dit Filomeno... Mais à présent
tous les instruments éclataient derrière la trompette de
Louis Armstrong, en un énergique *strike-up* aux
éblouissantes variations sur le thème de *I Can't Give
You Anything But Love, Baby* —

nuevo concierto barroco al que, por inesperado portento, vinieron a mezclarse, caídas de una claraboya,
las horas dadas por los moros de la torre del Orologio.

La Habana-París, 1974

nouveau concert baroque auquel, par un prodige inattendu, vinrent se mêler, tombées d'une lucarne, les heures que sonnaient les mores de la tour de l'Horloge.

La Havane — Paris, 1974

NOTA

Tanto parece haber gustado el *Motezuma* de Vivaldi — que traía a la escena un tema americano dos años antes que Rameau escribiera *Las Indias Galantes,* de ambiente fantasiosamente incáico — que el libretto de Alvise (otros lo llaman Girolamo) Giusti, habría de inspirar nuevas óperas basadas en episodios de la Conquista de México a dos célebres compositores italianos : el veneciano Baldassare Galuppi (1706-1785), y el florentino Antonio Sacchini (1730-1786).

Quiero dar las gracias al eminente musicólogo y ferviente vivaldiano Roland de Candé por haberme puesto sobre la pista del *Motezuma* del Preste Antonio.

En cuanto al gracioso ambiente del Ospedale della Pietà — con sus Cattarina del Cornetto, Pierina del violino, Lucieta della viola, etc., etc. — a él se han referido varios viajeros de la época y, muy especialmente, el delicioso Presidente De Brosses, libertino ejemplar y amigo de Vivaldi, en sus libertinas *Cartas Italianas*.

1. Nous reproduisons ici la note finale de Carpentier, qui figure dans l'édition des *Obras Completas* (Siglo Veintiuno, Mexico), tome IV, et autres nombreuses éditions de poche. Signalons cependant la note plus complète de l'auteur, en ce qui concerne la fortune du thème de Montezuma, « le personnage historique qui inspira le plus

NOTE[1]

Le *Motezuma* de Vivaldi, qui portait à la scène un sujet américain deux ans avant que Rameau n'écrivît *Les Indes Galantes* et qui dépeint un empire inca de fantaisie, semble avoir été si goûté que le livret d'Alvise (d'aucuns l'appellent Girolamo) Giusti devait inspirer de nouveaux opéras fondés sur des épisodes de la conquête du Mexique à deux célèbres compositeurs italiens : le Vénitien Baldassare Galuppi (1706-1785) et le Florentin Antonio Sacchini (1730-1786).

Je tiens à remercier l'éminent musicologue et fervent vivaldien Roland de Candé qui m'a mis sur la piste du *Motezuma* du Prêtre Antonio.

Quant au divertissant milieu de l'Ospedale della Pietà, avec ses Cattarina del Cornetto, Pierina del violino, Lucieta della viola, etc., il est évoqué par plusieurs voyageurs de l'époque notamment le délicieux Président de Brosses, libertin exemplaire et ami de Vivaldi, dans ses libertines[2] *Lettres Familières écrites d'Italie*.

---

grand nombre d'opéras aux compositeurs de la deuxième moitié du XVIIIe siècle et début du XIXe », publiée à la suite de la traduction française du *Concert baroque*, dans la coll. Du Monde Entier et la coll. Folio, Gallimard.

2. Carpentier a écrit dans une autre rédaction : *divertidas*, piquantes.

Pero debo advertir que el edificio a que me refiero no era el que ahora puede verse — construido en 1745 — sino el anterior, situado en el mismo lugar de la Riva degli Schiavoni. Es interesante observar, sin embargo, que la actual iglesia della Pietà, fiel a su destino musical, conserva un singular aspecto de sala de conciertos, con sus ricos balcones interiores, semejantes a los de un teatro, y su gran palco de honor, al centro, reservado a oyentes distinguidos o melómanos de alta condición.

A. C.

Mais je dois faire remarquer que l'édifice dont je parle n'était pas celui que l'on peut voir maintenant, construit en 1745, mais l'antérieur, situé sur le même emplacement de la Riva degli Schiavoni. Il est intéressant de noter cependant que l'actuelle église della Pietà, fidèle à son destin musical, conserve un aspect singulier de salle de concerts, avec ses riches balcons intérieurs, semblables à ceux d'un théâtre, et sa grande loge d'honneur, au centre, réservée à des auditeurs distingués ou des mélomanes avertis.

A. C.

Impression Bussière à Saint-Amand (Cher)
le 15 septembre 1991.
Dépôt légal : septembre 1991.
Numéro d'imprimeur : 2315.
ISBN 2-07-038315-6./Imprimé en France.